人海

杨福喜 著

陕西新华出版传媒集团
太白文艺出版社·西安

图书在版编目（CIP）数据

人海 / 杨福喜著． －－ 西安：太白文艺出版社，2023.1
 ISBN 978-7-5513-2278-2

Ⅰ．①人… Ⅱ．①杨… Ⅲ．①短篇小说－小说集－中国－当代 Ⅳ．① I247.7

中国版本图书馆CIP数据核字（2022）第206624号

人海
RENHAI

作　　者	杨福喜
责任编辑	靳　娣
整体设计	谢蔓玉
出版发行	陕西新华出版传媒集团 太白文艺出版社
经　　销	新华书店
印　　刷	三河市元兴印务有限公司
开　　本	880mm×1230mm　1/32
字　　数	120千字
印　　张	6
版　　次	2023年1月第1版
印　　次	2023年1月第1次印刷
书　　号	ISBN 978-7-5513-2278-2
定　　价	59.80元

版权所有　翻印必究
如有印装质量问题，可寄出版社印制部调换
联系电话：029-81206800
出版社地址：西安市曲江新区登高路1388号（邮编：710061）
营销中心电话：029-87277748　029-87217872

谢谢阅读！本书所选作品是我多年创作的，几乎每篇都在报刊上发表过，有多篇还获过奖。虽然仍有瑕疵，但我珍爱这些作品。希望它们能得到您的喜欢，读过之后有所收获。

杨绍喜

自序

本书精选以当今乡村为题材的短篇小说若干篇，这些小说以恒村为背景，描写不同人物的生活面貌及命运走向，浓缩每个人物的遭遇与生存状态，字里行间流露出人们对未来生活迷茫与期待的特殊情绪。书中描绘出的别样乡村风俗与传统文化的时兴与消逝，更是让人陷入深深的缅怀和忧伤之中，却又不沉沦下去，而是将时代的阵痛转化成催人向上的力量，继而使人振奋起来。

恒村，是当代众多乡村演变的一个缩影。曾经红红火火的乡村在时代的变迁中悄然改变着，在此处生活的人们为了谋生而流向外面的世界后一去不返，这里的景色也逐渐变得荒芜。恒村人的生活改善了，但乡村中千古流传下来的东西却不见了踪迹。乡村以及生活在那里的人们该怎样走出一条令人欢欣鼓舞的出路？小说里写到的现状留待人们去思考。

我写这些小说缘于一次中央电视台的专访。导演在专访时曾问我，下一步将写什么样题材的作品？我当时对下一步的写作方向暂未确定，想起刚从广东到广西桂北的乡下之旅，乡下的荒芜景象给我留下了很深的感触，于是便回答导演，自己接下来准备写一系列反映乡村现状的小说，因为乡村的年轻人大都外出打工，村里留下来的多是老人、儿童以及很多渐渐无人耕种的土地，而自己想用小说的方式把看到的写下来，留给人们去思考。之后，我便开始了构思。

　　这个系列小说的写作过程比较艰难，可谓篇篇都是呕心沥血之作。我时常是写完一篇便投稿一篇，目的是检验一下小说写得怎么样，会不会被文学杂志接受，读者的反应如何。令我欣慰的是，这个系列小说的大多数篇章在全国一些公开发行的报纸杂志刊登了出来，并且读者反响热烈，其中有好几篇还先后斩获了由作家协会或杂志评选的文学奖，实在令我欣喜。

　　下面摘录部分文学大赛评委与读者对本书几篇小说的评价：

　　北京海峡两岸新媒体原创文学大赛评委会：《红房子》是一部描写城市化背景下"空心村"生存状态的小说。故事以乡土情开头，归乡客路过红房子，最后没有被红房子看似富足的空壳诱惑，孑然一身踏上归途。作品是对田园牧歌的反写，别具新意，貌似世外桃源，实则一片荒芜，强烈的对比凸显出现实意义，情节完整，人物形象生动。

　　中山市作家协会香山文学奖颁奖词：《恒村的女人》从一位农村妇女的生活变化着手，反映社会更深层次的变化。《恒村的女人》是一篇有味道的作品。

　　深圳《宝安日报》周刊《宝安文学》导读：小说《殊途同归》中对屠夫职业的描写很真实，带读者直面宰杀现场，丝毫不做任何马赛克式的处理，看得人心惊肉跳。时代变迁，即使是屠夫这类传统职业，也在市场化的环境中面临裂变，可能发展，也可能被淘汰，亦可能像主人公一样走向自我毁灭。作者为读者营造了一个身临其境的故事氛围。

作家孙少勇：杨福喜大多小说的主人公都是"我"、过客、妇人、陌生人，连一个姓名都没有，简单到了极致，如同卡夫卡的有些长篇小说主人公的名字只是一个字母"K"，具有象征意义，在高度凝练的叙事中，作品达到了寓言的高度。

其余评价不在此一一列出。作品就摆在您面前，还是留待您去慢慢品味吧。

目录

坳上的小屋 /001

人海 /021

神秘的刀疤人 /028

红房子 /034

电影狂人 /058

恒村的女人 /079

殊途同归 /090

清明枝 /104

无主坟 /122

一个人的战斗 /134

是谁在午夜敲响我的门 /148

坳上的小屋

一

"我们走到前面山坳上的那座小屋,等到天亮再走,明天早上九点钟就能到家了。"从高速公路出口出来后,我对豪弟说。豪弟同意了,我们便背着行囊朝山路走去。

我和豪弟是从广东坐长途客车走高速公路回到桂北的,下车后,还要走大约二十公里的山路才能到老家恒村。我们那时根本没有想到,我们会在坳上的小屋遇到令我们心惊胆战的事。

那是傍晚时分,西岭上空即将收尽最后一抹绚烂的彩霞,远远的山腰上缭绕着一道淡淡的雾岚,薄暮姗姗来临。四周山野,莽莽苍苍,这条羊肠小路,是从古到今过往的行人走出来的,曾经是村民去清和镇赶圩的必经之路,以前每天都会有零零散散的行人经过。自从县级公路修建到清和镇后,这条山路就很少有人走了,往往两三天也见不到一个行人。但令人奇怪的是,山坳上那座小屋和主人十万大山还在,每到暮色降临,小屋窗口就会亮起橙黄色的灯光,远远看去,如同星星在遥远的夜空闪烁。这微弱的灯光,给正在山路上行走的人以希望、欣慰和温暖。这孤独的灯光一直亮到天亮。

在我刚懂事的时候，我就知道山坳上有座小屋。

小屋里住着一个孤独的老人，从小屋门前过往的行人以及附近村里的人都叫他十万大山。十万大山到底是老人的真名还是外号，恐怕无人知道。十万大山给我的印象是，头发斑白，满脸虬髯，面色紫黑，秋夏季节穿件白短衣、一条大短裤，冬春季节穿件粗布唐装或者旧棉袄；性情温和敦厚，对待过往的行人热情好客。小屋里面每天都泡有一大坛的石崖茶，过路的人可以尽情喝个够。石崖茶是桂北特产，是十万大山亲自到山壑里采回来的。这茶我曾在十万大山的小屋里喝过好几次，茶水金黄，入口清香，解渴又提神。走山路的行人经过小屋，都迫不及待地连喝上两三碗。十万大山的脸上总是笑眯眯的，一边抽着烟斗，一边对喝茶的行人说："还有粥、大头菜，再吃两碗粥吧。"行人喝了茶，吃过粥，抹抹嘴唇，坐下来与十万大山说闲话，十五分钟或者二十多分钟后再继续上路。行人离开时，十万大山似乎还舍不得，依依不舍地送到门外，直看到行人的背影消失在远远的山腰那一边，才返回屋里。

十万大山是什么时候来到坳上居住的，几乎无人知晓。十万大山的小屋早已是方圆几十公里的一个地标，清明时节，上山拜祖坟的人出发前会说"到了十万大山小屋往右转，再走一会儿就见到我们家的祖坟了"；几个村民结伴进山采摘金竹笋，出发前会说"十万大山屋脊后有条山冲，那里的金竹笋少人去找"；到清和镇赶圩的人也会说"走到十万大山那里喝碗茶，休息一会儿再走"。

几十年来，在小屋里休息喝过茶的路人数不清，恐怕连十万大山自己都无法记得住有过多少人。赶圩的、走亲戚的、走江湖的、进山砍柴的，包括那些找金竹笋的、拜祖坟的，都会到十万大山的小屋坐一坐，喝喝茶、聊聊天，然后再继续赶路。十万大山的小屋成了过往行人的补给站，免费提供茶水，肚子饿的人还会有简单的粥饭享用。

十万大山还懂一些"郎中"之术，常年在小屋备有一些草药，那是十万大山在山上采回来的，晒干后，放在床头下的一只小木箱里备用。大约在我十一岁那年，我喝过一次十万大山亲自给我煲的药汤。那天父亲与村里四五个人挑李子去清和镇卖，我也跟了去。那李子是生产队的，摘下来后，按人口分下来。清和镇是邻县的一个镇，与我们恒河镇交界，我们平常只赶我们恒河镇的圩日，很少赶清河镇的。因为路远，走的又是崎岖山路，天刚亮就出发，要到天黑才能回到家。那天的李子难卖，幸好清和镇收购站收购鲜李子，虽然价钱比市场便宜一些，但大家总算不用再艰难困苦、翻山越岭地挑回去了。卖了李子，大家一起进了当地的一家国营饭店，各吃了一碟猪肉炒米粉，然后原路往回走。半路上我感到头晕，不知是由于天气还是疲累或者其他原因引起，实在走不动，父亲只好把空箩筐叫别人帮忙挑，把我背着走山路，好不容易走到十万大山的小屋。十万大山听到脚步声，早早在门口候着了。父亲把我放在十万大山的木板床上，十万大山就过来用手试探了一下我的额头，又向父亲了解几句我的情况，随即从床头下把那只木箱拉出来，翻找一会儿，配好一服药，放入一个瓦煲，再倒入三四碗清水，立马生火熬煮起来。水滚之前，父亲几个人与十万大山拉闲话，说了一些清和镇各种物价和形势的变化。在他们聊天的过程中，瓦煲盖子上噗噗地冒水汽，一会儿水开了。十万大山倒上一碗药汤，放桌上凉一凉，再叫我喝下去。大家又聊了半个钟头，看看门外太阳将要落下岭背面，有的人又开始赶路。我喝过了药汤，又睡了半个钟头，头脑清醒了许多，可以自己走路了。我和父亲等几人走出小屋门外时，十万大山用一个竹筒装满药汤，让我带上在路上渴了喝。

从小到大，听村里人说，十万大山用他的草药治好了不少赶路发烧头晕的行人。我还听说，十万大山还协助警察抓住过两个从监狱里跑出来的逃犯，这是十万大山人生之中最值得令人称道的事。这件事被山下的村民当成传奇故事赞颂一时，还上了县广播站的新闻报道。

其实十万大山是有机会搬到山下住的，而且还不用他操心房子。有一次，一个女人背着孩子经过这条山路，在十万大山的小屋附近崴了脚，走不了路。天黑了，孩子又渴又饿，大声哭叫。十万大山听到哭声，沿路找来，发现了女人。他一手抱孩子，一手扶着女人，一路趔趔趄趄，回到小屋。十万大山帮女人崴肿的脚敷了三天的草药，终于伤好了，女人带着孩子重新上路。原来这个女人是村主任的亲戚，村主任便为十万大山申请了一笔扶贫资金，用来给他建一座单层房屋。但十万大山并不接受这种恩惠，还拒绝下山，他的理由是他一个人在山上住习惯了。

"我这人不会做什么大事情，就每天为来来往往的过路人泡个茶水。"这是十万大山对人常说的一句话。

大家心里都明白，十万大山做的并非只是泡个茶水。

二

我十几岁时，经常下午去放牛，与村里的一帮小伙伴一起把牛赶到山里去，有时走得远，直赶到十万大山小屋附近的山坡上。那个地方没有庄稼，草也长得茂盛，我们把牛一放，就往小屋跑去，进门就叫道："十万大山，十万大山，给我们讲故事！"十万大山一见到我们来了，满脸乐呵呵的，连声答道："好，好，好。"我们就围着他坐在板凳上，听他讲故事。

对于我们这些在乡下长大的孩子来说，放牛是很好玩的事，把牛往山脚、山坡上一赶，就可以开心地做游戏、爬山、钻山洞、烧泥窑煨红薯芋头，或者听十万大山讲故事。我们早就听说十万大山很会讲故事，他肚子里的故事特别多，讲的故事也很吸引人。每次我们跑到小屋叫他讲故事，他从不拒绝。十万大山讲的故事给了那时候的我丰富的联想，后来我外出打工，能写一些打工故事，还投到杂志发表，也许那时候就是萌芽的开始吧。

我和豪弟是五年前外出打工的。那时，坳上的小屋不再是十万大山一个人了，已经多了一个人——一个五岁的小女孩，名叫珍珍，是一个过路的年轻女人遗弃在小屋的。听人说，那个女人是周围某个村的，她的男人是个包工头，在外买了房，又有了小三，很少回家，她独自带着小女儿艰难地过了三年。一天夜里，下着小雨，她带着小女儿来到十万大山的小屋门外，一边敲门，一边叫道："十万大山，十万大山！开开门，我是阿英！"十万大山闻声从床上爬起来，一边开门把她们母女俩迎进门，一边说："哎呀呀，是阿英啊，黑灯瞎火的，你带着女儿到哪里去啊？"

原来十万大山是认识这个女人的，以往女人和别的大嫂大婶结伴进山找金竹笋，中午时候来过十万大山的小屋喝过茶，吃过米粥。

女人还没开口回答十万大山的问题，眼泪就簌簌而下，一边抽泣，一边说："我要去广东做工。"十万大山看着一旁的孩子，又问："带孩子去吗？怎么做工？"女人抹着泪水说："那怎么办？我也是没有办法呀。"十万大山叹了一口大气，生了一堆火，让女人和孩子烤干身上的衣服，还煮了米粥，让她们吃饱肚子。十万大山陪女人一直坐到天亮，女人看到小女儿还睡在床上没醒，就说："十万大山，你帮我照看照看孩子，我回村多拿几件衣服来。"十万大山说："好吧，快去吧。"女人站了起来，深情地望了望床上睡着的女儿，然后转身走了出去。这一走，女人就再也没有回来。从此，十万大山就与珍珍相依为命，外出时，走到哪里把她带到哪里，还每天讲故事给她听。珍珍有些呆头呆脑，不哭不闹，很听话，有时候也会问十万大山："爷爷，妈妈回来了吗？"十万大山总是说："快了快了，快回来了。"她一听，脸上就露出了笑容。

我也听说珍珍有些呆头呆脑的，与常人有些不一样，据说她两岁时发烧，来不及送医院，烧坏了脑子。有人到家里来玩，对她开玩笑说:"珍珍,快去门口看看,我走到哪里了。"她真的跑到门口去,往外东望西望,弄得大家开怀大笑,她木然,还不知道大家到底在笑什么。

我和豪弟外出打工那天,因为要赶坐早班车,天没亮就出发了。走到十万大山小屋时,天还是一片黑。还没走近门口,就听到里面传来一阵阵打雷似的呼噜声。我们不想进去打扰他们,就在门口的石板上坐下来,准备休息一会儿就走。但随即传来一声响,我们看到小屋的木门开了,昏黄的灯光下,我们看到小女孩圆嘟嘟的脸蛋,是珍珍。珍珍手里拿着一盏煤油灯,似乎对黑夜一点也不害怕,对于陌生人的到来也没有一点惊恐,好像早已经习惯。珍珍看到我们,叫道:"叔叔,快进屋里坐。"

我问道:"珍珍,你知道我们来了?"

珍珍说:"是爷爷叫我开门叫你们的。"

我们这才发觉打雷似的呼噜声停下来了,非常惊讶十万大山在睡着的时候也这么敏锐。我说:"我们不进去了,在外面坐一会儿就要走了。"

珍珍却说:"叔叔快进去,是爷爷叫我学会招呼客人的,叔叔进屋坐吧。"

面对珍珍诚恳的反复邀请,我们只好进去了。一会儿,呼噜声又重新响起,原来里面还有个小房间,十万大山就睡在里面,房门是从里面掩上的。外间用来做饭兼会客,角落安了个小床,是珍珍一个人休息的地方,用一块蓝花布当作床帘。

珍珍对我们说:"爷爷给我说过,爷爷睡着的时候,就不要去叫醒他,他要睡够了才起来;有客人来了,叫我学会招呼客人。"

豪弟见小大人似的珍珍,充满怜爱地说:"珍珍招呼过很多客人吧?"

"嗯,爷爷对我说,爷爷老了,以后就由珍珍招呼客人了。"

"珍珍长大了,你就会出去打工吧?"

"我不去打工,在家陪我爷爷。"

"那你嫁人了呢?"

"我也不嫁人,在家和爷爷一起过。"珍珍真诚地说着。

珍珍懂事得让人心疼,豪弟摸着珍珍的头,说:"珍珍真是个好孩子。"

珍珍问:"个个都说我是好孩子,叔叔,你说我呆吗?"

豪弟说:"珍珍不呆,很聪明呢。"

我也说:"珍珍真的不呆,又乖又聪明。"

珍珍圆圆的脸蛋笑成花一样,接着说:"锅里蒸有红薯、玉米,还有粥,还有茶,叔叔快去吃。"

我说:"我们不饿。"

见我这样说,珍珍摇着我的手,说:"叔叔吃一点吧。"

其实我和豪弟都有些饿了,于是我们各吃了两个熟红薯、一碗米粥。在我们吃的时候,珍珍坐在我们旁边,问我们到哪里打工?什么时候回来?回来时会来看她和爷爷吗?还会记得她珍珍吗?我们说,我们肯定不会忘记珍珍的,回来的时候,一定给珍珍买新衣服,买好玩的玩具,买好看的书,还会买好吃的东西。珍珍很开心地笑了。

我们准备上路的时候,想跟十万大山打声招呼,但里间的呼噜声仍此起彼伏。珍珍看到我们想进去的样子,就拦住我们,说:"爷爷说过,爷爷睡着的时候,就不要去叫醒他,他要睡够才起来。"

我只好说:"那好吧,等爷爷睡醒了,你告诉爷爷,说我们谢谢他,也谢谢珍珍。"

珍珍说:"嗯!我会告诉爷爷的。"

我们走出小屋的时候,天蒙蒙亮了。珍珍手拿煤油灯送我们到门口,我们走出很远,还听到珍珍在叫:"叔叔,我和爷爷会等你们回来的!"

三

回家前,我和豪弟特地去超市给珍珍买了三套衣服、一双凉鞋、一双胶底布鞋,还有对珍珍承诺过的玩具、书、好吃的东西。另外,还给十万大山买了两瓶好酒、一包烟丝,还有香肠、腊肉等一些吃的东西。

我们还没走到小屋,天就已经完全黑下来了。好在我们随身带有充电宝,这个东西还有照明功能,虽然山路坎坷,但并不妨碍我们走在回家的路上。坳上的小屋似乎远远就发现夜归的我们,用它微弱的灯光呼唤着我们。看到灯光,我们感到一阵阵暖流传遍全身,疲惫的身体顿时有了力量。

五年了,灯光依然准时亮起来,说明十万大山还在,可爱的珍珍还在。我们的脚步也加快了很多,就要与久别的亲人重逢了,而亲人也在急盼着我们的归来。

豪弟说:"福哥,珍珍一定长高了很多。"

我说:"那是肯定的,五年了,珍珍十岁了。"

豪弟说:"你说,珍珍会不会像有些人说的那样呆?"

我说:"也许是错觉吧,我看珍珍挺聪明的。"

豪弟说:"对,我也是。"

过了一会儿,豪弟突然问道:"福哥,你见过那个女人吗?"

"你是说珍珍的妈妈?我好像见过,但没什么印象。"

"我见过几次,她长得真的好看,身材好,胸又大。"

我一听,有些吃惊,说:"豪弟,你这是……"

"我没说什么啊,她长得就是这样嘛,难道不能说?"

"我以为你有想法。"

"你才有。"

"我对她没什么印象,哪有?"

"那包工头也真是,有那么漂亮的老婆,还在外头养小三,要是我,安安心心过日子多好。"

"男人有钱了,心就不安定了,吃着碗里的瞅着锅里的。"

"有一次我赶圩,在路上看到她抱着孩子,一边拼命追赶一辆宝马,一边哭叫:'你停下来,你停下来,你这没良心的男人。'开宝马的是她男人,她哪追得上宝马?追了几步,就摔倒在地上,和孩子哭成一团。听说是她男人带着小三回村过九月九,她本来不想闹,一心只想男人给她生活费,好好养大孩子,但男人没给,听说她男人重男轻女,不喜欢这个女儿。这种狗男人要狠狠地揍他一顿才是。"

听了豪弟的话,我心里阵阵伤感,连连叹气,一时不知说什么。

"福哥,你说那个女人还会回来吗?"

"难说,但愿她还会回来,珍珍毕竟是她身上掉下的肉。"

"她好狠心,丢下女儿。"

"她有她的难处吧,一个乡下的单身女人,带个女儿不容易。"

"听人家说她十八岁就嫁给包工头了,虽然生过一个孩子,但还像个黄花闺女,跟没结过婚一样。"

见豪弟这样说,我问他:"豪弟,你对她真有想法啊?"

豪弟却话锋一转,问我:"福哥,老实说,如果她回来了,你愿意娶她吗?"

我说:"我在厂里看上了一个女孩子,你那么喜欢她,你娶吧。"

豪弟说:"你看上厂里一个女孩子?拉倒吧,八字还没一撇,还不知道人家看不看得上你呢。我看你和这个女人最般配,如果她回来了,你找机会……"

为了避免话题继续,我只好说:"我没想过。别说了,到小屋了。"

四

不出所料,给我们开门的是珍珍,她果然长高很多。开门的时候,珍珍手里还是拿着那盏煤油灯,昏黄的灯光映在她圆嘟嘟的脸蛋上,还是显得那样天真,她对陌生来人还是那样没有丝毫的惊恐。我叫道:"珍珍,我们回来了!"

珍珍怔了一下，然后笑了，说："叔叔，回来了。"

我说："我以为你不记得我们了。"

珍珍笑眯眯地说："我记得，天天都有人来敲门，我都以为是你们回来了。"

我和豪弟进屋后，珍珍马上烧火热粥、蒸红薯和玉米，又是泡石崖茶，像个很懂事的家庭主妇那么勤快。稍作休息后，豪弟从背包里拿出给珍珍买的衣服和鞋子，还有书、玩具，珍珍拿起这个看看，又拿起那个看看，爱不释手，非常开心，一直说："谢谢叔叔！谢谢叔叔！"

我问："珍珍，喜欢吗？"

珍珍说："喜欢，喜欢。爷爷说，我妈妈也在广东打工，也会给我买新衣服回来的。"

我说："那当然，妈妈肯定也会给珍珍买新衣服的。"

珍珍问我们："你们看见我妈妈了吗？"

我刚想说没有看见，豪弟迅速用手指顶了一下我的背，对珍珍说："看见了，你妈妈在攒钱呢，她说，等攒到很多很多的钱，她就回来看珍珍了，到时，她再也不会离开珍珍了。"

珍珍说："对呀，我就想妈妈回来，爷爷也对我说，妈妈回来我们就好了。"

豪弟说："那是，以后大家都会好的。"

吃过珍珍给我们蒸热的东西后，我本想叫珍珍再继续睡觉，我和豪弟坐到天亮，但在和珍珍说话时，我发现豪弟神色有些怪怪的，他不时把目光往里面那间房门上瞥，似乎有什么疑问。过了一会儿，豪弟问珍珍："珍珍，爷爷在睡觉吗？"

珍珍说："是，爷爷睡觉了。爷爷说过，他睡着的时候，叫我不要去叫醒他，他睡够了才起来，有客人来了，叫我学会招呼客人。"

豪弟说："哦，珍珍真的听话。"

"爷爷教我要听话的。"

"珍珍，我想进去看看爷爷，我们很久没有看过爷爷了。"

"那不好的，爷爷说过他睡着了，不要去叫醒他的，他要睡够才起来。"

豪弟站了起来，走到房门口，侧耳往里探听。珍珍也跟着走过去，拦在豪弟面前，说："叔叔，爷爷睡着了，不要叫醒他呀，那不好的。"

豪弟说："珍珍，爷爷睡多久了？"

珍珍说："很久了。"

豪弟一听，脸上的神色显得有些凝重，朝我使个眼神，然后对珍珍说去外面方便一下，就往门外走。我也跟着他走了出去。到了外面，豪弟压低嗓门说："福哥，你觉得奇怪吧？"

我说："奇怪。"

豪弟说："我一进来就没听到呼噜声，就感到有些不大正常，开始以为十万大山没睡着，或者被我们的到来闹醒了，现在才觉得好像不是。"

我满肚子疑惑，说："我没留意，现在看来，十万大山没有睡着。"

"不，"豪弟断然说道，"可能事情不是你想象的那样。"

我说:"是吗?"

豪弟没有再说话,黑暗中,我看到他慢慢往小屋后面走去。我一时不明白他要干什么,于是跟着他走。我似乎有预感,好像就要发生什么惊天动地的事了,心脏怦怦地狂跳不已。过了一会儿,我看到豪弟站在小屋后面,抬起头不断地往上面看,我也随着他的目光看去,发现上面有一个小窗口,窗口黑洞洞的,静悄悄的。我问道:"豪弟,怎么样?"

豪弟说:"我想爬进去看看。"

"这样不好吧?十万大山如果没睡着呢?"我担心豪弟这样做会冒犯到十万大山。

豪弟说:"没睡着更好,最怕是睡着了。"

我还是说:"这样不好吧。"

豪弟说:"别说了,我爬进去看看,你帮帮我。"

窗口并不高,豪弟用力往上一跳,双手就攀到窗口上,我在下面用双手托着他的屁股往上推。那窗口刚容得下他的身体。豪弟先是把头和双手往里挤,然后把整个身体慢慢往里缩,身子越缩越短,不一会儿全缩进去了。随即,我听到咚的一声响,知道是豪弟落到地面上了。我的心脏在胸腔里狂跳个不停,希望里面传来声音,好让我安心,但我等了好一会儿,静悄悄的,静得可怕,几乎让我无法忍耐。

这时忽然传来珍珍的叫声:"叔叔,叔叔,你们去哪了?"

我的心猛地一跳,担心珍珍会跑出来找我们,急忙朝门口那边说道:"珍珍,我们在外面小便,你在屋里坐着别出来。"

珍珍回应:"好的好的,你们快点回来。"

我朝着珍珍喊道:"就回了。"

窗口里面还是没有一点声响,我真的担心豪弟会出什么事,甚至我脑子里还生出荒唐的幻想,想象那窗口就是妖魔的血盆大口,将豪弟一口吞下去,他从此永远消失了。

几乎让我绝望的时候,终于听到索索声传来,抬头一看,上面的窗口露出了豪弟的半个身子。我急忙贴近墙根,想用双手接应他下到地面,却听到豪弟轻轻地叫道:"你走开,我要跳下去。"

我刚离开两步,豪弟就咚地跳下来。我迫不及待地走到他面前,问道:"怎么样?"

豪弟显得很沉着,没有了刚才那种急切的冲动,似乎一切都平静无事,他轻轻地说道:"十万大山已经死了。"

我一听,怔了一下,然后说:"好像你早已料到?"

豪弟点了点头,说:"他睡着了,我们会听到呼噜声;如果没有睡着,他会起来招呼我们;珍珍又说他睡着很久了,她说的很久,不是指今晚睡很久,而是一连睡了几天了。她确实有些呆,以为爷爷没有起床,一直在睡觉。"

我感到不可思议,说:"那么说,十万大山去世几天了?"

豪弟说:"是的,我刚才用手机电筒查看了好一会儿,又用手摸了摸他,是有几天时间了。"

我说:"真没料到我们会遇上这样的事,也是我们回来得巧,否则……"

"否则烂在床上也没人知道。"豪弟补充道。

我觉得这件事要对珍珍说，于是对豪弟说："我们进去吧，把这事告诉珍珍，天亮以后，带珍珍回村。"

豪弟却说："十万大山是珍珍的精神支柱，是她心中唯一的亲人，咱们不能告诉她，不然给她的打击太大变得更呆了。"

"那你说怎么办？"我一时没了主意。

豪弟沉默一刻，然后把他的想法告诉我，我同意了。

五

最终，天亮之前，我们把十万大山埋了。

珍珍并不知道我们把十万大山从里间抬出来埋了。珍珍开始不愿意睡，她看到我们回来太开心了，要跟我们一起坐到天亮。不管我们怎么劝，她就是不去睡，似乎也没睡意。我只好给她讲故事，讲一个人熊婆（当地传说吃人的怪物）屁股搽油倒着上树的故事。这是我小时候听母亲说的故事，这个故事在老家流传很广。我讲完这个故事又讲了一个故事，珍珍却越听越有精神，这把我和豪弟急坏了。最后还是豪弟想出办法让珍珍去睡的，他对珍珍说："等到天亮还要很久，我们三个人轮流睡觉好不好？"

珍珍一听，高兴得直鼓掌，说："好呀，好呀，你先睡，我还要听大叔叔讲故事。"

豪弟说："不行，我们来剪刀石头布，谁输了谁先睡。"

珍珍说："好呀。"

于是豪弟就和珍珍手对手喊起"剪刀石头布"。不知豪弟怎么耍的花招，珍珍输了，只好老老实实爬到她的小床去睡。我为了让珍珍早点睡着，故意把煤油灯熄掉了。黑暗中，小床那边一会儿就没了动静，还听到均匀的呼吸声。

"珍珍，珍珍。"

豪弟轻轻叫了两声，没有回应，连忙回过头对我说："快！"

我重新点亮了煤油灯，豪弟在前，我在后，蹑手蹑脚地走向房门口。豪弟双手抓住门边，轻轻地把木门往里推开，声音很小，但我还是挺担心会把珍珍惊醒过来，不时地把目光扭向小床那边。谢天谢地，珍珍没有醒！

豪弟先走进房门，我跟在他后面。刚走进房门口，顿时一股日久不流通的霉味气息扑鼻而来，但我们顾不了这么多，径直走向里面的大床。昏黄的灯光下，我看到十万大山静静地躺在上面，身上还盖着一条薄薄的毛毯。我知道，那是因为山里晚上凉意很深，所以睡觉时需在身上盖一条毛毯。豪弟叫我把煤油灯放在床头的一个凳子上，然后与我一起用盖在十万大山身上的毛毯，将十万大山全身包起来，再把他抬到小屋外面，放在草地上。十万大山的身体已经很僵硬，我抱他的脚，豪弟抱他的头，抬起来时，直挺挺的。接着，我们再把床板也搬了出来，之后找到十万大山平常使用的一把锤子和几个钉子，最后又把房门掩上。

我们用床板简单地做了一具棺材。

我们小时候因为想听十万大山讲故事，常赶牛到这里放，所以比较熟悉小屋周围的地形，凭着两个充电宝上的手电筒微弱的亮光，我们很快选好了埋葬的地点——朝向山路的一个斜坡上面。

两个人默默地忙了大半夜，才终于垒起了一座坟头。最后，我看到豪弟从身上掏出一包香烟，一支一支地点燃，又一支一支地插在坟前。我也从口袋掏出一包香烟，也一支一支地点燃，插在坟前。接着，我们把给十万大山买的两瓶酒在坟前也洒了。准备回小屋时，豪弟站在坟前，鞠了三个躬，说："十万大山，好好睡吧，我们不会忘记你的。"

我也鞠了三个躬，说："十万大山，好好睡吧，我们会带好珍珍的。"

天亮后，珍珍醒了，她已经完全忘记了昨晚三个人要轮流睡觉的话。我和豪弟都没胃口，不想吃任何东西，收拾了行李之后，我对珍珍说："珍珍，跟叔叔回村去，我送你去上学读书，那里有很多小朋友跟你玩的。"

珍珍望了望房门，说："爷爷在睡觉，我要等爷爷醒来。"

我说："昨晚我跟爷爷说过了，爷爷答应珍珍跟我们回去读书，爷爷醒来，他会知道你跟我们一起回村里了。"

珍珍说："爷爷叫我学会招呼客人呢，一会儿就有客人经过的。"

我又说："有客人来，爷爷会招呼的，珍珍，跟我们回去吧。"

珍珍却不肯走，对我们说："爷爷说妈妈会回来的，我还要等妈妈回来呢。"

豪弟走到珍珍面前，温柔地抚摸着珍珍的碎发，说："珍珍已经长高了，应该上学读书了，你读书聪明了，妈妈回来会很高兴的。"

珍珍听了，一时没有作声，似乎若有所思。豪弟又说："走吧，叔叔送你去读书。"

珍珍还是不愿意地说:"爷爷睡醒不见我,他会找我的。"

豪弟说:"不会的,你睡着的时候,我们告诉过爷爷你读书去了。"

我和豪弟反复劝说了半天,最后,珍珍终于愿意跟我们回恒村了。

小屋里还储存着一些红薯、玉米、芋头、花生油、笋干、黄豆、石崖茶,以及大米和草药,我们临走时一样都没有带走,想着留给在此路过的行人,因为我们知道走山路的行人已经习惯把小屋当成临时休息的驿站,吃点东西,补充体力,再继续上路。当我和豪弟带着珍珍走出小屋,转身轻轻地把木门关上的那一刻,一阵伤感涌上心头,泪水几乎要流出来。

别了,十万大山。

别了,坳上的小屋。

当我们带着珍珍走下山坳时,我发现珍珍不时地扭头朝小屋回望,一副依依不舍的样子。我的心情非常矛盾,又感到无可奈何,我相信豪弟同样也是这种心情。我们不能把真相告诉幼小的珍珍,她已经遭遇过一次失去妈妈的打击,不能让她再一次遭遇失去爷爷的打击,我们只希望让爷爷永远活在她天真的、幸福的期待中。

让我们万万预料不到的是,当走到山下平坦的大路,离恒村越来越近时,珍珍突然转身往回跑,一边跑一边说:"我听到爷爷叫我了,我听到爷爷叫我了……"

"珍珍!"

"珍珍!"

……

我与豪弟望着珍珍的背影同时叫道。不知珍珍有没有听到,或者是听到了不理会我们,她仍然头也不回地一边跑一边说:"我听到爷爷叫我了,我听到爷爷叫我了……"

我和豪弟一时呆住了,看着珍珍在山路上越跑越远,显得非常无奈。

一向调皮爱笑的豪弟忽然哭了。

我也哭了。

路边摇来摇去的茅草默然不动了,似乎茅草也理解我们此时此刻的心情……

人海

当我看见红衣女孩走进旧瓦房的那一刻，我的心紧紧地一缩，我被眼前的这一幕惊呆了。

那是傍晚时分，西天的阳光斜照在小巷的瓦屋脊上，一切被融融的暖意包围。下班后，我照常回到小巷租住的一间旧平房，与何总、曾教授等几个文友在网上闲侃一会儿，正准备去市场买菜做晚饭时，一开门，就看到这个红衣女孩。她长发如瀑布般留至齐腰，一双长腿妩媚性感，脚穿一双黑色长筒皮靴，右耳垂下方有一颗小小的黑痣，青春、美丽、养眼。女孩走起路来婀娜多姿，身上背着一个小背包，手里拎着两个纸袋，里面放着吃的东西，从冒出纸袋口的酒瓶塞可以推测那里面还有酒。

让我吃惊的并不是这个漂亮的红衣女孩出现在这条破旧狭窄的小巷，而是她走进了我房门对面的一间旧瓦房，那间旧瓦房里住着的是一个七十岁左右的孤独老汉。

我搬来这条小巷租住已有五六年了。在我搬来时，就发现这个老汉已经住在对面那间小小的旧瓦房了，低矮的木门板已经残破，品相与我租住的这间差不多。这个老汉与我一样，都是孤身一人，一个人吃饱全家不饿，社会地位也与我差不多，我做小保安，老汉捡破烂。不同的是，我常有文朋诗友来瞎侃吹大牛，而老汉那始终是门庭冷落。红衣女孩的出现，让我对这个老汉生起了几分敬意与羡慕以及莫名其妙的妒意，当然也有几许疑惑——老汉今天怎么走起桃花运来了？居然有个美如天仙的女孩来找他？那红衣女孩是他什么人？与他又是什么关系？那红衣女孩与老汉同吃同住了三天，我猜了三天，几乎把脑袋猜破了，也猜不出个所以然来。

老汉是从来不自己做饭的，每天都是在外面的大排档解决三餐。老汉只是喜欢在旧瓦房里就着炒花生米喝酒，喝了酒，一个人在里面咿咿呀呀地唱，但却听不出唱的是什么歌，只是声音特难听，让人讨厌。那三天里，红衣女孩天天走出小巷，一会儿又走回来，手里拎着好几袋熟食与酒，高跟鞋欢乐地敲打水泥地板，伴随着嗒嗒嗒的声音，女孩走进老汉的旧瓦房。那几天，嗒嗒嗒的声音不时在小巷敲响，由近而远，又由远而近，令我心跳加速，思绪缤纷。在我听来，鞋跟敲响的嗒嗒嗒如天籁，悦耳动听，如果能在这寂寥的小巷里天天听到，那该多好啊！

那几天，老汉很少走出旧瓦房，有时走出去，也会比往常回来得早，不到下午五点就回来了，手里还抓着一个袋口飞线的破蛇皮袋，袋子扁扁的，捡到的破烂儿显然不多。老汉刚回到房门口，那红衣女孩就从旧瓦房里走出来，伸手接过老汉手里的蛇皮袋，脸上露出甜甜的笑，像迎接贵宾似的把老汉迎进旧瓦房里。随后，红衣女孩拿来脸盆在门前的水龙头下接水，让老汉洗手洗脸，接着又给老汉递上一杯热茶和一支香烟。老汉脸上溢满了幸福。

我知道，旧瓦房里面只有一张床，蚊帐发黑，里面除了老汉捡回的破烂儿，似乎没有别的东西。我百思不得其解，那红衣女孩居然还可以在这样狗窝似的地方待三天，而且还帮老汉洗衣服、洗蚊帐、扫地、擦桌子，把房里房外摆放凌乱的东西收拾得井井有条。

这让我看了心里特别发酸，这么多年，从来没一个女孩主动帮我打理过我的"狗窝"。更令我心里发酸的是，我总是心不由己地想到老汉那臭虫猖獗的破屋，想到那里的破旧脏乱，我的心就紧紧收缩，为那红衣女孩不平。

更让我难受的是，往往到了晚上十一二点，我正在写东西，思绪忽然被一阵轻轻的歌声打断，那歌声分明就是对面老汉的旧瓦房传出来的，分明就是红衣女孩唱的，那歌声优美啊，比我听过的所有歌星唱的歌都好听。有时，传来的却是一阵细细的笑声，那分明是红衣女孩在笑，那笑声十分甜美。所有的这些声音，都让我的心难以安宁，几乎让我发狂。那衣冠不整、蓬头垢面、长年与垃圾为伍的老头，居然有个那么靓丽的美女来陪伴他，太不可思议了！太不般配了！

一直以来，我总以为我的一切条件都比老汉优越那么一点点，幸福的毛毛雨即使不先降到我头上，也不会落到他的头上。现在看来，那么一点点优越感都没有了，我混得好失败啊。

红衣女孩的出现，让我的心难以安静，每天下班回来后无心看书写字。我特意从箱底翻出只有在逢年过节或者出席公众集会才穿一次的好衣服，刻意将自己打扮一新，让自己"帅"起来，有事没事便出现在房门口。但这一切都是徒劳，我仍然没有丝毫的魅力，那红衣女孩在对面门口出现时，从来不往我这边看上一眼，我感到很失败。

真的，那一刻，我的内心是那么阴暗与龌龊，不可告人。

我悔恨。

虽然我与老汉住得近在咫尺，但五六年来，我从来没有与他说过一句话。一条狭窄的小巷，将我与他划分成两个世界的人，门对着门，却老死不相往来。早上，他走出小巷捡破烂儿，我也走出小巷去上班；傍晚，他满载而归地走进左边的旧瓦房，我两手空空地走进右边的旧瓦房。虽然几乎鼻子碰到鼻子，却形同陌路，井水不犯河水。

有时，我喝完一罐可乐，随手把空罐子往门外一扔，并非扔给老汉，而是谁看见捡去都可以，只是，大多数时候都是老汉捡去的。当然，他绝不会对我说一句谢谢，而我也不想听到他这样说。

很多时候，我下班后穿着米黄色短袖衬衫在街上溜达，总会看到老汉肩上搭着一个破蛇皮袋从繁华的街头走过。每每走近街边的双色分类垃圾桶时他都会停下脚步，把青筋毕露的双手伸进垃圾桶里翻一会儿，将翻到的废纸、空矿泉水瓶和可乐瓶放进蛇皮袋，然后继续走。老汉经常走过我上班的那条文化路，有一次他走进我单位艺术品交易中心大院内，把放在墙边的不锈钢垃圾筒翻了一遍，似乎毫无所获。那时，我穿着黑色制服，打着领带，手持烧火棍站在大门口，高高地仰视着。老汉经过我旁边时，却完全忽视了我的存在，默默地走过去，眼睛都不往我身上瞥一下。

还有一次，我在大门口值班，一个神色焦急的女人向我打听有没有看到狗经过，因为她的狗走丢了。当听到我说没有之后，那女人忽然看到走过这里的那个老汉，于是向老汉打听。老汉用手指了指身后不远的一条小巷，说刚才看见那条小巷有一条白色的狗。女人一听，立即跑进那条小巷，不一会儿双手抱着一条白色的小狗欢欢喜喜地走了出来。令我惊讶的是，女人掏出了一点钱递向老汉，以表示谢意，没想到老汉并不接受，向女人摇了摇手，把蛇皮袋往肩膀上一搭，便走开了。

谁也不知道老汉是哪里人，从哪里来，甚至连旧瓦房女房东也不清楚他的情况。

红衣女孩离开一年后的一天，我下班回到小巷，发现这里的气氛与往常大不一样，在老汉那间旧瓦房门外，来了一大群警察，还有略显肥胖的女房东，所有人的神色都非常凝重。原来是老汉死了，也许是前一天晚上死的吧。怪不得早上我出门上班时，没看到老汉的身影，只看见对面紧紧关着的房门，那时，我怎么也不会想到老汉已经死在里面了。

那间旧瓦房里面并无异常，看来老汉是自然死亡的，只是警察在老汉的遗物中找不到任何证件。他是哪里人？老家是否还有亲属？这些全然不知。

警察问女房东："他是什么时候开始住在这里的？"

"不知道，我父亲在世时他就住了。"

"你多久收一次房租？"

"从来没收过,我父亲在世时都没收,我干吗要收?再说,我也不差那几个钱过日子。"

"不收,你们也让他住?"

"干吗不让?他捡破烂儿,没什么钱,不让他住,让他住哪里?总不可能赶他出去,让他住桥洞吧?"

女房东说这话时,显得很不耐烦。

最后,警察把老汉的遗体当作无主尸体运走了。

过了半个月,我应邀去石岐参加报社召开的一个"走群众路线座谈会",会后去富华总站等228路公交车回菊城。当我从岐江桥上走过时,迎面走来一个上身穿红色外衣、脚上穿长筒高跟鞋的女孩,高高的鞋跟踏在桥面的钢板上,嗒嗒嗒的响声瞬间将我的目光吸引了过去。我一下就认出来,她就是一年前在老汉那旧瓦房住了三天的红衣女孩。当她经过我身边时,我分明看到她右边耳垂下方有一颗小小的黑痣。我犹豫了一下,转身跑到红衣女孩前面,拦住她。我说:"美女,上次你去菊城老伯那里,我见过你。"

红衣女孩似乎不明所以,疑惑不解地看着我,默默不语。

我接着说:"老伯前不久去世了,你知道吗?"

她将身子侧立在一边,站定后,打开了话匣子:"我……我也是刚知道不久。幸好,我在老伯的临终之际,算是给了他一些慰藉……"

我呆了呆,望着她紧蹙的眉头,说道:"冒昧地问一句,你跟老伯是什么关系?我看你在他那里待了几天……"也许是自知有些不礼貌，说完我更不敢望向女孩了。

"没什么，老伯是个善良的人，曾在我们家最困难的时候帮助过我们，给我们带来了一丝希望。我去他那儿，只是想在我离开这个城市之前，代替我的家人，帮忙打扫卫生，陪老伯逗趣解闷罢了。"女孩说完，脸上泛起淡淡的红晕。

"哦，原来是这样啊，我还以为你们关系不一般呢……"我不小心直言了心中的想法。

"你误会了。不过，我们的关系确实'不一般'，对于我的家人来说，老伯是我们家的恩人，是个善良的好人！"说完这些，女孩转身离开了。

那天岐江桥上往来的人熙熙攘攘，她的身影很快就隐没于茫茫人海之中，我再也看不到她。

但是，我的心中却升起了羞愧、难堪又自责的情绪，我是以小人之心度君子之腹了！那些辗转琢磨的日子更是像一记耳光一样，给了我最致命的一击……

神秘的刀疤人

那一道寒光闪闪的刀疤,很多年后,依然在我脑海里挥之不去。

那年夏天,我独自一人来到A城,因为人生地不熟,举目无亲,找工作到处碰壁。有一天,经好心人指点,我来到离城区很远的一个石场,正值中午,一帮采石工吃过午饭后,围在工棚门外一张桌子旁边掰手腕,比力气。擂主是一个额头上有道伤疤的青年,我后来才知道那是一道刀疤,刀疤在额头横斜着,泛着幽幽的青光,令人产生几分恐惧。

那刀疤是他给一位大老板做保镖时留下的。是什么老板?不得而知,据说有一天刀疤人跟着老板坐车从外地返回,晚上八九点钟时分,小轿车途经盘山公路,遇上五六个蒙面人。他们手里都拿着砍刀、铁棍和斧头,把小轿车逼停下来,还未等老板把车门打开,蒙面人就围着小轿车一阵乱砍乱砸。看得出,这伙人是有备而来的,其目的就是把车上的人赶尽杀绝。生死关头,刀疤人毫不畏惧,一下冲出车外,混战中,夺过一条铁棍,左冲右杀,上下翻飞,手中的铁棍如流星凌空,虎虎生风。一场恶斗,刀疤人把五六个蒙面人都打翻在地,而他的额头上也被对方砍了一条大口子，血流满面。这道刀疤，就是这时候留下的。虽然过后老板很器重他，给他很多好处和优厚待遇，但他还是离开了老板，因为他发觉老板与黑道上的人有来往，生意上有些不明不白，他不想在这个烂泥潭里越陷越深，于是趁早离开。

那天中午掰手腕，上阵跟刀疤人"打擂台"的人，一个个都成了刀疤人的手下败将。众人散去后，我问擂主："大哥，这里要人吗？"他沉默不语，用手示意我跟他走，后来我才知道他是哑巴。原来他是带我去见包工头。就这样，我在刀疤人的帮助下有了第一份工作。

刀疤人真名叫什么？谁也不知道，没人叫过他的真名，大家都叫他刀疤人，连工头也这样叫，在出勤簿上也只写"刀疤人"。

听人说他是跟老乡来石场打工的，那老乡早另谋高就去了，而他却留下来了。晚上，我与刀疤人相邻而睡。临睡前，他都要借我放在床头的书看一看。这些书是我从老家带来的，都是些汪曾祺、巴金、沈从文的小说，我很惊讶，才知道刀疤人原来识字。

刀疤人力气大，虽然不会说话，但工头喜欢他，因为很多重活都难不倒刀疤人，他是个干活的能手。

石场的人鱼龙混杂，来自天南海北，五湖四海。石场的工作辛苦，经常走人招人，只要有力气，愿意做，工头都是来者不拒，不问出处。傍晚收工后，众人三个一伙，五个一帮，打扑克，赌钱，下棋，侃女人，唯独刀疤人不加入任何一伙。我在工棚里常常看不到他的身影，后来才知他跑到离工地不远的一家小商店去了，他在那儿看电视。

小商店的老板是一个黑瘦的男人,四十多岁,别人都叫他老胡。老胡很少说话,是一个会说话的"哑巴",对人很和善。不可思议的是,在没有语言的沟通下,仅凭肢体动作,刀疤人与老胡却相处得非常融洽。有时候我去小商店买东西,看到刀疤人和老胡相对饮酒,虽然两人默无一声,但两张脸上都洋溢着浓浓的情谊与快乐。

石场有一百多人,每天喝的、抽的、用的几乎都是从老胡那里买的。老胡与大家混得相当熟,那些赌输钱的、钱花光的、寄了钱回老家的,都到老胡的小店赊账。老胡好说话,从不拒绝,有的人赊账两个月不给,他也不作声,照赊。有时老胡忙不过来,遇有顾客来买东西,刀疤人就主动帮取个货,或者记个账,久而久之,石场的人都叫刀疤人二老板,他满脸乐呵呵的,似乎很乐意别人这样叫。

大约半年后的一天晚上,我睡下很久了,刀疤人还没回来,他干吗去了?我心生疑惑,白天明明和他在一起上工的,晚上却没见他的身影。第二天才知道,刀疤人在老胡的小商店过夜没回,帮老胡守店去了。

原来老胡回老家乡下了,帮家人收割稻谷。临走,他把小商店的钥匙交给刀疤人,让刀疤人临时帮忙打理和看守他的小商店,他信得过刀疤人。

谁也没料到,老胡一去,就永远回不来了。老胡死了,死得很惨。大约过了一个星期,傍晚时分,刚下过一场大雨,天上浓云密布,天色昏暗,我正站在工棚门口望风,无所事事,这时我发现一些人正探头探脑地朝小商店张望，小声议论着什么。我想，老胡回来了？等我走近小商店，忽然听到从小商店传来断断续续的哭泣声，是女人的哭声，哀哀的，凄凄的，让人听了也想跟着流泪。

我很疑惑，从那虚掩的门望进去，看到一个近四十岁的女人在里面坐着哭，一边哭，一边诉说："孩子还小，你就抛下我和孩子走了，你叫我以后怎么过啊……"刀疤人坐在女人的对面，默默无语。原来这哭泣的女人是老胡的妻子，她是来处理老胡的遗物的，完后还得赶回乡下。老胡是因为触电死的。老胡在田里用电动打谷机打稻谷，漏电了，他便永远地倒在田里……

刀疤人请了假，帮助老胡妻子处理店里的货物，还借了一辆三轮车，帮老胡妻子把冰箱、冰柜等家具拉到旧货店卖掉，因为老胡妻子说回家的路太远，不方便带回老家。最后剩下那台二十一英寸的彩电，老胡妻子说太重了，不要了，也要卖掉。但刀疤人很伤心的样子，向老胡妻子不断地打手势，又指指自己的胸口，意思是叫她不要卖，一定要带回家里去。两人"争论"了半天，老胡妻子才终于答应把彩电留下来。

我能理解刀疤人那时的心情，因为那台彩电曾经陪伴他和老胡度过了很多美好又难忘的时光，彩电和他有着很深的感情，卖掉彩电他于心不忍。

最后，意料不到的事情出现了。当老胡妻子拿着那本记录着石场一百多人赊账的簿子，来到工棚找人要钱时，她一个人也找不到。不是找不到，而是她根本就不认识她要找的人。一问别人，别人就摇头，说不知道。老胡妻子讨不到一分钱，很悲伤，又无奈，流着泪走出工棚。

当刀疤人手拿那本赊账的簿子突然出现在众人面前时，众人不由得一惊。刀疤人看着一帮正在赌博的人，双眼瞪得牛眼般大，眼里闪着可怕的目光，那架势像随时要跟人拼命似的，只见他走到一个名叫彭兵的人面前，打开账簿，举到彭兵的眼皮下，指着簿子上"彭兵"两个字给他看。彭兵瞥了一眼簿子，耍赖说："我早就把钱给老胡了，赊的账肯定是他忘记勾掉的，不信你去问老胡。"说完就想溜出工棚。刀疤人满脸怒气，一把紧紧抓住彭兵胸口的衣服，怒目圆瞪，咬牙切齿，鼻孔里似乎即刻喷出两束火苗，握得铁硬的拳头举到彭兵面前晃来晃去。彭兵吓得脸色青了又黄，黄了又青，最后只得乖乖地从口袋里把钱掏了出来，交给刀疤人。工棚里那些赊账的人见了，一个个慌了，争先恐后把钱掏出来，递到刀疤人面前。

但还是有人想赖账，是工头的侄子萧小四。萧小四凭着工头给他撑腰，一直以来心高气傲，欺软怕硬，平常强要别人给他买好烟好酒，谁敢不听，就被以各种理由扣钱或者让其走人。萧小四赊老胡的账最多，已经有三个月没有清过账了。

萧小四在另一个工棚住，正聚集几个人赌博，刀疤人走进来时，他还不知道。刀疤人站在背后伸手拍了拍萧小四的肩膀，萧小四吓了一跳，猛地扭过头，发现是刀疤人，恼羞成怒，开口骂起来："你个臭哑巴，拍什么拍？吓我？我还以为是警察来了。"

刀疤人把账簿举到萧小四面前，萧小四一看，又骂起来："死哑巴，又不是欠你的钱，管什么闲事？滚一边去。"说完继续赌他的钱，不理刀疤人。

刀疤人狠狠地一把将他拉起来，再次把簿子举给他看，咬牙切齿，握紧拳头。萧小四没想到刀疤人敢惹他，暴跳如雷，一拳头打过去，刀疤人把脸一闪，避过萧小四的拳头，顺势挥出一拳，一下把萧小四打倒在地。萧小四像条疯狗似的嗷嗷叫喊，他爬起来，从他的床头下抽出一把长长的刀子，举起来，一边在刀疤人面前挥舞，一边叫喊："你个狗崽子敢在太岁头上动土，让你走着进来，躺着出去！"刀疤人冷冷地盯着萧小四，纹丝不动，只见他朝萧小四竖起了五根手指头。

"什么？五百块？"萧小四一边说，一边举刀逼向刀疤人。

刀疤人站着不动，忽然用手指了指萧小四，又指了指旁边的四个人。萧小四看不懂。这时有人说道："他是叫我们五个人一起上。"刀疤人点了点头。萧小四一听，看着刀疤人额头上那道闪着幽幽青光的刀疤，忽然记起有人说过刀疤人曾经做过保镖，曾经一个人打翻五名歹徒。萧小四一时傻了似的，接着把手里的刀子扔在地上，顺手从赌台上抓来几张百元大钞，抛向刀疤人。

第二天，我没有见到刀疤人上工地，第三天也没有见到，之后再也没有见到他。

我听闻有人说，刀疤人第二天一早就走了。但是不知怎么，那个仗义、重情的刀疤人形象却久久地留在了我的脑海里……

红房子

过客是近中午时分经过妇人家门前的。那是一幢两层的红砖瓦房，半新半旧，似乎年代并不长久，厅堂四壁用石灰粉刷得雪白，还贴了几幅颜色鲜艳的年画，是"年年有鱼""春色满园"。

与散落在周围山坡上的其他房子相比，这幢红砖瓦房还算引人注目，因为周围大都是水泥砖楼房，由于没有粉刷，裸露出水泥的原色，显得灰暗而憋屈，老气横秋。门前种有两棵高过二楼窗口的柿子树，墨绿的叶子间缀满了青里透红的柿子。

柿子已熟了，不知为什么，主人还是不摘下来。过客心想，再不摘下来放进大水缸用石灰水浸甜，柿子就要烂在树上了。

过客只想进红房子讨一碗水解渴，然后继续赶路。因为他知道，再翻过四五个山坳，就要回到恒村了，也许回到恒村天就黑透了。过客是恒村人。过客已经走了很久的山路，显得疲累，嘴巴干渴，他真想一步就回到恒村，可那是做不到的。

红房子的大木门是敞开的，似乎主人并不介意生人闯入。过客记得恒村的人家也是一样，大白天，大多数人家都是敞开大门的，即使把门掩上，也不会上锁，外人随时可推门而入。其实山里人家都是如此,过客记得他在城里看到的可不是这样。城里人家都是大铁门,挂着重重的锁,窗户还要安上铁笼子一样的防盗网,生人是不可能闯入的。

令过客感到意外的是,红房子里只有一个妇人和她幼小的女儿。那妇人下身穿着水一样柔软的淡黄色短裙,上身是一件紫色上衣,乌黑的长发垂柳似的披至腰际。

过客站在明亮的堂屋,对妇人说:"我是路过的,进来讨一口水喝。"

妇人看着过客,神情坦然、淡定,没有丝毫的戒备,"我刚才泡了石崖茶,喝茶吧,大哥。"

"好的,给你添麻烦了。"

"没有,没有。"

"大哥从哪里来?"

"我从广东回来,坐汽车,走高速公路,在那边山前的出口下了车,所以要走路回恒村。"

"原来大哥是恒村人呀。"

"是的,是的。"

过客一连喝了两碗石崖茶。也许妇人发现他疲累了吧,叫他先不要急着走,坐下休息,然后又叫他吃午饭,原来妇人正准备做午饭。

妇人去忙午饭时,过客在堂屋陪她的小女儿玩。小女孩并不怕生人,看到过客来了,似乎还显得很欢喜的样子。小女孩从小口袋里拿了一颗糖果出来,递到过客面前,说:"叔叔,给你。"

过客说:"小朋友,你吃。"

小女孩连忙说:"我还有。"说着又从口袋掏出一颗糖放在自己的小掌心,伸给过客看。

过客把糖果接过来,但他并不吃,只是握在左手的手掌里。过客忽然问小女孩:"小朋友,你爸爸呢?"

"不知道。"

"你爸爸什么时候回家?"

"我不知道。"她似乎有些不高兴。

过客不再问,双指不停地转动那颗糖。小女孩又叫他:"叔叔,你吃糖呀。"

过客听了,剥开锡纸,把糖放入嘴里。这是为了让小女孩高兴。

小女孩忽然对他说:"叔叔,我家有很多鱼。"

"那多好啊。"

"叔叔,我家还有很多柚子。"

"那多好啊。"

"还有柿子。"

"是啊,我都看见了,就在门口,柿子都熟了,叫你妈妈摘下来吧。"

"叔叔,我想摘个柿子给你。"

"你能摘到吗?"

"你抱我起来呀。"

"那好啊。"

于是过客把小女孩抱了起来,走出大门外,往右边的柿子树看了看,又往左边的柿子树看了看,然后往右边的那棵柿子树走去。这棵柿子树的枝丫从上面垂下来,垂到大人额头一般高,枝梢上墨绿墨绿的叶子间,结着东一个西一双的、开始泛红的柿子,人走近前,就闻到一阵阵清香的味道。过客把小女孩的双腿抱紧在胸口,小女孩贴紧过客的左肩膀,往上伸直身子,双手攀住一条枝梢,往前拉近,然后空出右手,握住一个柿子扭了扭,扭断了连着树枝的蒂把儿。小女孩把柿子举到过客的眼前,开心地说道:"叔叔,叔叔,我摘到一个了。"

过客说:"真聪明啊,你会摘柿子了。"

小女孩说:"你拿着,我再给你摘一个。"

一会儿,小女孩从攀下的枝梢上又摘下一个柿子,依然还是那么开心,嘴里叫道:"叔叔,这个大大。"

过客说:"是呀,你家的柿子都大大,肯定很甜。"

在吃午饭前,妇人把小女孩摘下的两个柿子放入一个红色小塑料盆里,倒入清水,她说:"多的话就放大缸子里,用石灰水浸,浸三天就可以吃了,很清甜,还可以久放不坏。"

过客坐在矮板凳上,小女孩趴在他的背上,也说:"叔叔,三天就可以吃了。"

过客想说,吃过午饭他就要走了,等不到吃柿子了,但他还是把这句话咽下了喉咙。他说:"好啊,三天后我就有柿子吃了。"

午饭有腌笋、腐竹、香菜汤、鱼干和鸡肉。那鸡肉还是因为过客的到来临时宰杀的呢。过客本来只是进来讨一口水解渴,没想到主人还给他做了这一顿丰盛的饭菜。他想,作为一个并不认识的过路人，他给妇人实在添了太多麻烦，只是料不到，妇人却把他的到来当亲戚来了一样。

妇人还问："大哥，你要喝酒吗？"

小女孩也立刻接着问："叔叔，你要喝酒吗？"

过客说："不喝了，吃饭就行了。"

妇人说："要是喝酒，我去村里打酒。"

小女孩也跟着说："叔叔要喝酒，妈妈就给你打酒。"

过客说："不喝了，不喝了，不要麻烦了。"

妇人先舀了一碗米饭，双手端着递向过客，过客立刻起身，微微弯着腰，伸出双手接过妇人手里的米饭，嘴里说："谢谢！"然后重新坐下来。妇人接着舀第二碗米饭，放在小女孩面前的桌上，再舀第三碗米饭才放在自己的面前。吃饭时，过客说门前那两棵柿子树都熟了，要摘下来，不然，柿子会烂在树上。出人意料的是，妇人说，不止门前有这两棵柿子树，外面山坡上还有一片柿子林呢，另外还有一片柚子林呢。

过客听了感到很惊讶，本来想问，是你一个人在家种的吗？但他还是把这句话咽下了喉咙。妇人提出午饭后带过客去山坡看看，过客点了点头。过客心想，等看过果林再回恒村也不迟，一定能在天黑前回到恒村的。

小女孩吃了一片腌笋，又往嘴里扒了一口米饭，忽然抬起头说道："还有很多鱼。"

妇人说："是的，还有一个鱼塘。"

鱼塘就在妇人家大门前面，大约不到一公里路。鱼塘周围是一大片水稻田，此时稻子早被收割了，稻田里也没有水，龟裂的田土上直立着无数的稻草茬儿。周围是绿色的山，远远近近无一个人影，空寂而寥落，不时从远处山坡上零零落落的房屋那边传来一两声狗叫和鸡啼，随之又复归于寂寥。

妇人牵着小女孩的手，带着过客，直接穿过稻田走到鱼塘岸边。塘岸满是野草，塘边不时有鱼把嘴露出水面，咬食垂下水面的草尾，发出了吱吱唧唧的声音。塘里游动着很多鱼，在两亩多大的水面下游过来游过去，似乎在寻找什么，又好像无所事事，只是不断地游，不时有哗啦一声水响，平静的水面上翻起了一团团水花，随即散开，扩展成一大圈一大圈的涟漪。午后的阳光懒洋洋地洒落在不停晃动的水面上，耀得人眼晕。

"妈妈，妈妈，那条鱼大大。"小女孩忽然喊起来，用手指着面前的水塘叫妇人看。

妇人站在小女孩的右边，眼睛往小女孩指的地方看去，随即说："是条草鱼，真的很大。"

过客站在妇人的左边，也朝着妇人看的方向看去。小女孩又说道："叔叔，你看到了吗？"

过客说："我也看到了，真的大啊。"然后朝妇人看了看，说，"是今年放的鱼苗？"

"不，好几年了，一直没有捞。"

"一次都没捞过吗？"

"是的，有时想吃，就捞一两条上来，但都是捞小一些的，太大了吃不完。"

过客想说，怎么不打捞起来拿去卖？但他随即把这句已经涌到喉咙的话又咽了下去。

妇人忽然说："大哥，要是你想吃鱼，就尽管来捞。"

小女孩随即也说："叔叔，妈妈说你想吃鱼就来捞。"

过客回答："那太好了，我喜欢吃鱼，吃鱼好啊。"

妇人说："吃不完的，太多了，最好是打捞上来卖掉，再放新鱼苗。"

过客听了妇人这么说，有些惊愕又有些迷惑地朝妇人望了一下，他一时弄不清她这句话是对她自己说的，还是对他说的。不过，他心里很兴奋，产生了无比美好的幻景。

他还觉得这次从遥远的地方回家太幸运了，尤其是从山那边的那个高速公路出口下车，如果从下一个出口下车可就没这么幸运了。"啊！这是上帝安排的吧？"他心里飘飘然地想。

柿子林在一座矮墩墩的山坡上，山坡缓缓地伸入下面的稻田，就在那鱼塘的东南面，距离并不远。妇人依然还是牵着小女孩的手，带着过客，直接穿过龟裂的稻田，走上山坡。小女孩像只叽叽喳喳的小麻雀，一路走一路唱着村子古老的童谣："燕子鸟，绕门楼。三天没吃饭，四天没梳头。梳好头，插起花，敲锣打鼓送你去外家。外家问你是哪个，你说古碗满姑娘，芝麻开花你来看，芝麻结籽你来收。"

过客说："真好听，谁教你的？"

"我奶奶。"小女孩自豪地说。

过客一阵惊讶，望了望妇人，说："奶奶？"

妇人满是阳光的脸上迅速掠过一片阴影,说:"刚去世几天。"

过客有些愧疚,似乎做错了什么,默默地走了好一会儿,才开口问道:"原来你们这地方叫古碗?"

妇人说:"这四周是山,中央是块盆地,你看不是很像一只碗?"

过客抬头迅速扫了一遍周围的视野,说:"确实像。"

山坡上是一大片平坦的山地,大约二三十棵一丈多高的柿子树就种在这片山地里,每棵树上都挂着许多柿子,有五六棵树熟得早一些。因为没人来摘,一些柿子开始烂在树枝上,还有的掉落在地上,那些烂在树上的都是小鸟叮过的。此时正有一些山雀在柿子树上叽叽喳喳地飞来飞去,在这一片好吃又好玩的美食世界里快乐地吵吵嚷嚷。

过客说:"再不摘,就要被小鸟们吃完了。"

妇人轻描淡写地说:"吃完就吃完吧。"又说,"那你摘呀。"

过客脸上掠过微笑,说道:"好啊,我摘。"

"还有别人家的柿子、柚子你也可以去摘的。"

过客说:"那可不行的,那不成偷了吗?"

妇人说:"当然行的,不然也是被小鸟们吃完。"

过客听了将信将疑,没有再问。他感到这个世界很多事情让人非常无奈,这是个无奈的世界。

柚子园在另一座小山坡,离柿子林很近,走下这座山坡,跨过一条窄窄的、有涓涓细流的小溪水的山冲就到了。妇人一面走,一面不断地给过客指出哪条路通到哪里,哪条路岔到哪里,热情的态度使过客心里暖暖的,忘记了自己是个过路人。

柚子树有十五六棵，枝头上的柚子已经熟透，油亮鲜黄。有的树枝挂的柚子多，垂了下来，垂到大人的额头位置，有的几乎垂到树下的草地，让人伸手就可以摘到。过客说："柚子真多啊，有人偷吗？"

妇人说："偷？谁偷呀？过路人摘几个下来解饿，不算偷的。"

小女孩忽然说："叔叔你要吃柚子吗？我去摘一个。"

妇人说："快去摘，让叔叔尝一尝我们家的蜜柚。"

小女孩高兴地说："好的，叔叔，我们家的柚子可好吃啦。"

过客看着小女孩蹦蹦跳跳的背影，叫道："慢慢走！别急，小心踩了狗牙刺。"

一个柚子，三个人一会儿就吃完了。柚子是过客剥开的，剥柚子需要手腕的力气大。过客从裤腰上的钥匙串上拿下一把小刀，先把柚子的颈脖剁去，然后在切口四面各往下划一刀，放下刀子，用手先剥掉柚子黄色的表皮，接着再剥掉里面白色的内皮，动作非常麻利。一旁的小女孩一直看着过客剥柚子皮，说道："叔叔，你力气真大。"

过客说："叔叔以前在家能挑一百多斤的担呢。"

小女孩说："叔叔别走了，住我家好吗？"

妇人一旁听了，抿着嘴唇，微微地笑了笑。过客说："好啊，只要你妈妈愿意让我住。"

小女孩抬头看着妇人，说："妈妈，让叔叔在我们家住好吗？"

妇人脸色有些难为情的样子，说："好。"

吃完了柚子，小女孩似乎身子疲乏，在妇人身边就地躺下，很快就睡着了。身体周围散落的白色柚子皮，如雪白的棉絮。

山野无一人影，空寥而宁静，偶尔从远处的山腰上传来一阵斑鸠的叫声，"咕咕——咕咕"，随之又归于平静。

过客似乎心事重重，在柚子树下仰身放平身子，接着又坐了起来。暖融融的阳光让人感到懒洋洋的，不想动，只想躺下来，闭着眼，静静的。

过客发觉妇人时不时抬头朝附近的山林望一望。

妇人把一块花手绢盖在小女孩的身上，然后若有所思地望着过客，说："我想到那边去一会儿，你去吗？"

过客问道："那小孩呢？"

妇人说："让她睡一会儿，去一去就回来了。"

过客点点头，说了声："嗯。"

过客跟在妇人后面往柚子园外走去。山坡上没有路，都是野草，周围都是一人多高的各种各样的青绿的山树，还有稔子果、油甘果、沙梨、野枇杷。

过客跟着妇人在绿树之间穿越，一会儿左拐，一会儿右趔，翠绿的枝梢不时在他们的脸上抹上一把。走了一会儿，看着妇人似乎还没有停下的意思，过客就问："去哪？"妇人还是走，不作声。过客又问："到了吗？"

妇人忽然说："你要喝水吗？"

过客露出有些惊讶的神情，说："去找水吗？"

妇人举起一只手往前面指，说："那边冲下有冲水，我带你去喝吧，冲水可以喝的，我就经常喝。"

过客其实并不渴,说:"你要喝水吗?我陪你去。"

妇人问:"你不喝吗?"

过客说:"我不喝,我口不干。"

"那不去了,太远了。"妇人于是站住不走了,过客也停下来,站在她的旁边。

两人一时不知说什么话,沉默。一会儿,妇人扭头看着过客,问道:"你累吗?"

过客说:"不累。"

妇人看着他的脸,说:"你出汗了。"说着用手掌在过客的额头上擦,这让过客感到晕晕的,呼吸都紧迫起来。妇人帮他擦过后,一时无话,扭头朝四周看了看,似乎在寻找什么,然后问道:"找个好坐的地方坐一会儿吧?"

过客说:"好吧。"

妇人却不动,忽然说:"好像有人。"

过客抬头看看四周,到处葱绿一片,看不到有什么人影。他说:"是吗?我没看到。"

妇人说:"回去吧,一会儿小孩醒了,要找我们呢。"

过客脸色不易让人觉察地暗淡了一下,他想不到妇人就这样要回去,然后说:"那回去吧。"其实过客不想那么快回去,还想说这荒野之地不会有人来的,但他还是没有说出口。

回柚子园的路上,妇人问道:"你恒村家里还有什么人?"

"没有,房子都空了几年没人住了。"

"如果你能在这住下来那多好。"

过客想起刚才小女孩说的话,说:"原来你真的想让我住下来?"

"不好吗?"

"当然很好。"

回到柚子园,小女孩刚醒过来。妇人去摘了两个柚子,说到了晚饭后"杀"来吃。过客接过一个捧着走,小女孩也争着要捧一个,但因为柚子太重,才走了十几步,小女孩就叫喊手累了,妇人就把柚子接过来,像过客一样,双手把柚子捧在胸下。

妇人选择从村边的大路走回去,而放弃从干稻田原路返回,这样一来,要多绕一段弯路才能到家。妇人说不急回家,天还早着呢,慢慢走,当散步。其实妇人弃近就远,是想让过客熟悉一下村里的路况。

三个人出了柚子园,在坎坷的山路上走了一会儿,迎面遇上一个牵着一头黄牛的七十多岁的老太太。老太太背驼,双腿还好,走在山路上很平稳。妇人先与老太太打招呼:"九婆太,你好,去放牛啦?"

老太太抬起头来,一边在路边停住脚,一边回答:"三嫂,你好。"又摇了摇手里的牛绳,对着黄牛小声喝了一下,"站边一点,让别人走过去。"只见那黄牛把脚往路边移动了一下。

小女孩走到老太太面前,叫了一声:"奶奶好。"

老太太满脸皱纹的脸上笑开了花,眼睛看着小孩,说:"珠珠好,真乖。"

过客对着老太太点了点头,算打了招呼。老太太看着过客微微笑了笑,然后问妇人:"三嫂,我家那些柿子也都熟了,不要了,都给你算了,你有空去摘吧。"

"又给我啊?"妇人一边说一边露出很为难的样子。

"给你算了,不然又是烂在树上。"

"你叫他们回来摘啊。"

"他们都不愿意回,对我说,不要算了,又不值什么钱,来回路费比那果钱还多。"

"好吧,好吧。"

"烂在树上太可惜。"

老太太牵着黄牛继续往山坡上走去。妇人低声说:"连我自己的都年年烂在树上,哪想去摘别人的。"

过客忍不住问道:"村里这么多水果他们都不摘?"

"是的,都去外面打工了,老人想摘也摘不了,那老太太,年年都说给我,我的都烂掉在树上,哪还能去摘她的?好几年都这样,烂在树上,唉!"妇人叹一口粗气,不再说下去。

"那老太太一个人在家吗?还养着一头牛?"

"那牛是以前她老头子养的,前几年老头子死了,家里人要卖掉,她不让卖。她说一个人在家孤单,没人陪,就让那牛陪她,死活不让卖,她家人就由着她。"

"她家人就让她一个人在家里,也放心?"

"她家人在外面买房子了,她去住了几天,又闹着回来,说在城市住不习惯,还是老家好,有什么办法?大家都想办法搬到城市,她就是喜欢乡下。"妇人说罢又是重重的一声叹息。

前面的小巷口，聚集着五六个老头子和老婆子，年纪都七八十岁了，他们的眼睛一直看着三个人走过来，似乎还在小声议论着什么，过客尽力地想听清楚一句，但却是枉然。他发觉，那些老人们的眼光一直在他身上敲敲打打，弄得他有些紧张，担心即将会发生什么措手不及的事，但一会儿过客才知道他的所有担心都是多余。原来那几个老人并非要为难他，而是有事想求他帮一下忙。

等走近，那些老人先是热情地与妇人打招呼："三嫂，去山里啊？"

妇人停下脚步，过客和小女孩也跟着停下来。妇人回答："是呀，去看看，柿子和柚子都熟了。"

老人看着过客，问妇人："三嫂，这是你家的客人吧？"

妇人说："是的。"

老人看看妇人，又看看过客，说："我们想请他帮一下忙，可以吗？"

原来是村里有一个独居的老人去世了，而且隔了一个星期才被另一个姓陈的老人发现。陈姓老人原本想约他去镇上看彩调戏的，来到门口发现大门紧闭，敲了半天也不见回音。他借来一张板凳，踏上去从窗口往里一看，吓得双腿一颤，差点摔了下来……

老人的家人都在外省，一时赶不回来，于是村里老人凑份子钱，去外村买了一具棺材，用牛车拉回来。但棺材实在太重了，几个老头子、老婆子身体虚弱，无法把棺材从牛车上搬下来，正在左右为难，看到与妇人走在一起的过客，如发现救兵一般的老人才紧盯着过客的。

妇人看着过客："他们叫你帮忙把棺材搬下来，你看方便吗？"

过客点了点头，说："可以的。"

老人们一听，脸上的乌云顿时消散，对着过客连说："大哥真是好人，麻烦你了。"

"没事，没事。"过客连忙说。

妇人望着过客，说："我和珠珠先回去，等你回来吃晚饭。"

过客点点头，说："好的，你们先回去吧。"

棺材就停在巷内深处，牛轭已经卸下，牛被牵走了。那是一副油得漆黑的棺材，沉重地压在木质的牛车上。

那往四面伸张的尖尖翘起来的棺材头，似一张黑色怪物的大嘴，似乎随时要把走近的人吞噬进去。人越走近，越有一种沉重的压抑感，几乎让人呼吸都困难。当过客跟着老人向牛车走去时，空气如凝固似的，众人都默不作声。踢踢踏踏凌乱的脚步声，都使人觉得不可忍耐。

过客到了牛车旁，主动站在棺材头的一边，接着，先伸出双手，托住棺材头的底部，其他老人见了，也从各个位置托住棺材的底部。这些动作都是默默地进行着，没人指挥，也没人出声。接着，不知是谁开始数"一、二、三"，当数到"三"时，众人同时用力，那副沉重的棺材被抬了起来，并朝着过客这一边移动。

过客咬紧牙关，额头开始冒汗，卷起袖口的手臂青筋暴露。一会儿，沉重的棺材终于被抬下牛车，放在小巷的石板路上。

过客缓了一会儿气，又擦了擦额上的汗水，接着又弯下腰身，双手托住棺材底。其他人也跟着过客做同样的动作，缓一口气，擦了额上的汗水，又同时跟着他用双手托住棺材的底部，同时"嗨"了一声，将棺材抬离地面，往一旁的院门移动。

院子内是一幢两层的钢筋水泥楼，墙壁刷得雪白，窗框是绿颜色，大门是枣红色，两扇大门板上各贴着一个红色的"福"字。院子两边，一边种着一棵石榴树，一边种着两棵柚子树，树上都挂着许多结实饱满、青里泛黄的柚子。

众人把棺材放置在大门旁，依然默不作声。一个老人上前把大门打开，过客与众人往里走去，一股浓烈的气味随即进入过客的鼻子。那是人死去多日发出的气味，但过客依然是一种从容淡定的神情，让人发觉不到他有什么不习惯的地方。

当过客回到妇人家时，天色已经开始灰暗。过客与众人一起把去世的老人放入棺材后，又拿锤子打入钉子，把棺盖钉牢，之后又与众人将棺材抬到村后山冈上埋了。忙完一切后，过客谢绝众人请吃晚饭后才离开。

妇人已做好了晚饭，同时她还煮了一大锅柚叶子热汤。过客一回来，她就把紫颜色的热汤舀入一只大木桶里，提到洗澡房，叫过客洗身子。

过客明白，这是地方上的习俗，在别人家处理过白事后，需要用柚叶子热汤洗双手，或者洗身子，说是能避邪气。

吃过晚饭，妇人又忙着洗洗刷刷，接着拿起扫把，里里外外扫了一遍，然后动手收拾了一遍厅上的东西，把椅子、桌子、凳子都摆放得恰到好处，井井有条。一切忙完，妇人洗了一遍身子，梳了梳长发，穿着一条白色的短裙和一双红色的塑料拖鞋，来到客厅,陪过客和小孩一边看电视一边聊天。

过客给小女孩讲故事,说起流传在恒村一带的故事,一个小女孩与人熊婆斗智斗勇的故事。后来小女孩睡着了,妇人把她抱进房里后再出来,于是,客厅只剩下过客与妇人了。虽然电视一直开着,节目一直都在不断地播放,但两个人面对着屏幕,似乎心思全不在电视上,一直在聊着闲话。

"你在外面有多久了?"

"二十年了。"

"啊!这么久了呀!那你现在是回家看看,是吗?"

"不,我这次回家就不想出去外面了。"

"那你老婆和孩子在恒村呀?"

"不,在城里,她们不愿意跟我一起回,离婚了,孩子跟她。"

"那你……"

"我一无所有,二十年前我出门时一无所有,二十年后我回来时一无所有。"

"大哥,以后……以后……"

"以后会好的,我相信以后会好的。"

过客其实很不愿意说这些话,但妇人总在看着他,眼睛装满了怜悯,于是他把心里的话吐了出来。他想早些睡,但妇人好像一点也不懂他的心意,也不急,所以他也不提出想睡的意思。

妇人忽然问他:"大哥,你有事要急着回家吗?"

过客说:"不急,回去先看看家里多年不种的地和田,可能都长满杂草了,回去后要先除草,等来年春天就开荒。"

妇人说:"那就在这住下来吧?嗯?"

过客一时有些为难的样子,久久才说:"看情况吧。"

妇人说:"住几天也好,等把柿子、柚子摘下来,再把塘里的鱼捞起来卖掉。"

过客点点头,说:"也好。"

妇人听了,脸上露出喜悦的神色,然后站起来,说:"你跟我来。"

过客跟在妇人后面往外面走,出了大门,往右走,很快走进一间与住屋相连的厢房,里面放的全是杂物,耙、犁、锄头、镰刀、柴刀、牛轭、木桶、畚箕、扁担等随处摆放,墙角还放置着一只巨大的瓷缸。妇人指着瓷缸说:"卖不掉的柿子,就用这只缸浸。"缸的旁边用蛇皮袋装着一袋鼓鼓的生石灰,妇人说:"这是浸柿子用的石灰。"然后问过客,"以前在家浸过柿子吧?"

过客说:"浸过。"

妇人说:"那就好,你都会的呀。"

接着,妇人把厢房里的东西放在什么位置,一一告诉过客。一会儿,过客又跟着妇人返回屋里,他以为这次妇人就要指给他哪间房,让他休息了。没想到妇人又带他上了二楼,原来二楼不住人,只放杂物。一间大房放着两堆小山似的稻谷,一堆小的,一堆大的。妇人告诉过客,小堆的是糯谷,大堆的是粘谷,都是今年收的。

房角落还有两包带壳的花生,妇人指给过客说:"花生是自己种的,这两包不榨油,留着自己剥来炒,下酒很好的。"旁边还有一个大肚缸,妇人告诉过客:"这是花生油,用自己种的花生榨的,很香,外面卖的那些都是假花生油,这个才是真的。"

又指着一个小一些的大肚缸,说,"这缸装的是茶子油,是摘山上的茶子榨的。茶子油比花生油还贵,街上人特别喜欢用茶子油炒菜,说是茶子油性凉,解毒,我舍不得卖掉,留下来自己吃。"

二楼共三间房,都放有什么东西,妇人很有耐心地全告诉过客。过客感到受宠若惊,心里暗想,我只是一个路过的过客啊!

从二楼下来,妇人又把过客带进厨房,把鱼干、笋干、腐竹、生姜、大蒜头这些可以久放的食物都放在哪儿一一指给过客看过,甚至菜刀、磨刀石、打火机放在哪儿都要指给过客知道,煤气将会用到几时等等这些都说一遍,生怕过客用时找不到似的。

终于,妇人带过客进房了。那房与妇人和小女孩睡的卧室只隔一堵墙,房门开在厅上,房里有个油漆漆的淡黄色大床架,早已经擦得一尘不染,上面铺上了红色的厚毯,放了一床淡黄色碎花棉被。一边墙摆了一个中型暗红色的木柜,妇人拉开木柜,让过客看看里面,并告诉过客:"木柜主要是放冬天衣服的,有秋衣、秋裤、风衣、背心、毛衣等,还放棉被、毯子。"妇人说,"如果半夜天气太冷,你就把木柜里的另一床棉被拿出来盖,千万别冻着了。"这话让过客听了心里暖乎乎的,感动得要掉下眼泪。

接着,妇人又带过客走进她自己的卧室,依然是告诉过客她房里摆放了什么东西。那小女孩正盖着被子睡在床上,只露出头,圆圆的脸蛋红粉粉的,呼吸细微而安详。过客看到妇人房里摆放的大衣柜更大,但此时衣柜是打开的,里面放的东西似乎不多。衣柜前的地板上有两个大皮箱,一个红色,一个棕色,其中红色的皮箱还未合上盖子,里面放着叠得整整齐齐的各种衣服,看样子还可以再放一些。妇人指着大衣柜对过客说:"你也可以把东西放到这里面的。"

过客的目光在那两只大皮箱上停留了好一会儿,说:"你很忙吧?"

妇人说:"不,衣服太多了,有的衣服穿久了,不想穿了,把还想穿的都收拾好,放箱子里,忙了好几天。"

过客心里想,衣服挂柜子里不更好吗?怎么要塞到皮箱里去?也许妇人喜欢这样吧。过客说:"那你收拾吧。"

妇人说:"你想睡了吗?那你去睡吧。"

妇人说完又与过客一起回到刚才那间房,妇人把放在床上的被子打开,铺平,然后说:"如果半夜太冷,这床被子不够暖和,你就把柜里那床拿出来盖,别着凉了。"

过客听了这话,又是一阵感动,眼泪几乎掉下来。

妇人离开后,过客在床沿又坐了一会儿,站起来,过去把房门轻轻地掩上,然后开始脱掉外套,躺在床上,但没有睡意,眼睛一直睁着,那电灯也一直开着,后来他起来把电灯关了,又躺在床上。

不知不觉,一阵疲困感慢慢袭来,蒙眬间他发现房里有一个黑影,那黑影一动不动地站在床边,直盯着他呢。过客静静地躺着,屏着呼吸,眼睛微微地睁开,他想看看那黑影到底要对他怎么样。

好一会儿,那黑影朝前一步,腰一弯,蹲了下来。忽然,那黑影一把握住了过客露出被子外边的一只手,把脸抵着他的手上,随之,过客听到那黑影发出的轻轻的啜泣声。

这是妇人。过客早已经猜到是妇人,其实他一点也没有害怕。那妇人一直握着他的那只手,脸抵在他的手心里,眼泪流个不停,泪水穿过他的指缝,滴落在毯子上。

一会儿,妇人开始轻轻地哭了起来,好像受了莫大的委屈,要在他的面前,用哭声倾诉出来,只有哀哀的哭声,没有语言。不知哭了多久,最后,妇人一边哭,一边轻轻地说道:"大哥,你是个好人,真的,大哥,你太好了,你好好睡吧,嗯!大哥,你好好睡吧,你会好起来的,你会好的,我走了,大哥,我走了,你好好睡吧。"妇人很快停止了哭声,站了起来,随后往外走去。

过客静静地看着妇人离去的背影,五味杂陈,这种感受翻涌在他的心里……

乡村的夜晚是很安静的,万籁俱寂。过客的脑海里思绪缤纷,难以平静。后来是怎么睡着的,过客并不知道,但他知道他是被一阵牛车"咿呀!咿呀!咿呀……"的声响闹醒的,他还听到牛蹄踩在泥地上的声音,这声音对他来说很熟悉。开始他以为是村民清早起来下地干活,但过了一会儿他听到大门轻轻掩上的声响,接着就听到一阵细声的对话,那是妇人与另一个人的声音。

"八叔公,辛苦你了,这么早让你起来。"

"没事,没事,你前天找我说好,要赶早上八点钟的过路班车,我答应了你,就一定要做到,上车吧。"

过客一阵惊讶,急忙翻身起来,悄悄地,抬头往外望去。晨雾迷蒙中,只见妇人把红色的皮箱提到牛车上,接着又把棕色的皮箱提了上去,一个戴着黑纱帽的老头子站在牛车的木板上接过皮箱，一个一个摆放在车上。妇人随即抱起站在牛车旁的小女孩，准备坐上牛车。

过客发现，那妇人的眼睛满是晶莹的泪水，似乎她在极力克制着不让自己哭出来。

小女孩忽然开口问道："妈妈，我们去哪里？"

妇人说："不知道。"

小女孩又问："妈妈，我们还回来吗？"

妇人还是说："不知道。"

"妈妈，柿子熟了，什么时候摘？"

"不知道。"

"柚子也熟了，什么时候摘？"

"不知道。"

"塘里还有很多大鱼？"

"不知道。"

"妈妈，叔叔呢？"

"叔叔在睡觉。"

妇人说着，抬头往窗口这边望了一下，忽然呜呜地哭了起来，一边哭一边走近牛车。搂在怀里的小女孩问道："妈妈，你怎么哭了？"

妇人没有回答，一边哭一边抱着小女孩坐上了牛车。在牛车开始移动之前，妇人满眼泪花地又往窗口望了一下，似是依依不舍，又似在做最后的告别。

这时，晨空上依然闪烁着零零落落的星星，天色灰蒙蒙的，还没有完全亮,远处时而传来一两声沉闷的鸡啼声,随之又归于静寂。两旁满是荒草的往山外延伸的大路,除了这辆孤独的牛车,无一人影。

过客倚在窗口边,一直望着牛车慢慢地从他的视线越去越远,最后,消失在远处一片晨雾之中。他仍然一动不动,久久地倚靠在那里,脑子里似乎变成一片空白……

当过客走出红房子,重新踏上回恒村的路途时,深秋的太阳已经升上了南山上空。过客离开之前,在这个一夜之间被主人遗落的红房子内,里里外外看了一遍。过客发现,这个被遗落的家,凳子、椅子、沙发以及所有的东西都摆放得整整齐齐,井井有条,地板一尘不染。

当他走进妇人那间卧室时,看到床上的被子都叠得有棱有角,枕巾没有一条折痕。当他在厨房看到昨天小女孩亲手摘下、妇人用清水浸在红色塑料盆里的两个柿子时,心里立刻涌起一阵阵复杂的情感。他久久地看着那两个已经泛黄的柿子,静静地、静静地浸泡在水中……

虽然屋里有很多可以吃的东西,面条、大米、鸡蛋、干笋、腐竹等,但过客却一点胃口没有,他实在不想吃,甚至连脸都不想去洗。他在屋内到处来来去去地走,毫无目的地走,最后,他决定离开,继续踏上回恒村的路。他只背上自己的背包,屋内所有东西一样也不拿,昨天小女孩说给他摘下的那两个柿子,他也没有拿,它们依然静静地浸在水中。

过客走出大门,又转过身来,抓住两个青铜门环,一拉,把大门紧紧关上了。他看到一条晾衣竿倒在墙边，过去用手扶起来，靠墙放好，然后往外走去。

过客走在羊肠小路上，走上一个小山坡时，忽然听到一阵阵凄哀的哭泣声在山坡上空缭绕，在这荒凉的山野，是谁在哭？过客停下脚步，扫视四周，终于看到左边半山坡上有一个老太太，她双膝跪在一座长满野草的坟堆前，独自在那里一边诉说一边哭泣。过客仔细一看，发现是昨天与妇人在回村的路上遇见的那一位牵牛进山放养的九婆太。

九婆太边哭边诉说："老头子呀！我十五六岁就跟着你了，你怎么不等等我啊？劳劳累累一辈子，到头来，养大的儿女一个个都飞走了，都在外头买了房，不愿意回来了，剩下我一个，好孤单啊！我不想离开这里，因为有你在这里啊！我不放心你，不放心这个家，柿子又熟了，柚子也熟了，他们都不愿意回来摘啊，年年都烂在树上。老头子啊！你怎么不等等我啊？你知道吗？跟你成天在一起放牛的那个老木哥，前几天走了，好惨啊。家里人都不在，死七八天都没人知道，老头子啊，我害怕啊！我怕我有一天也像老木哥那样没人知道……"

过客心里很不是滋味，却又不知道如何劝说，只能静静地待在一旁，望着这个被人们逐渐丢弃和遗忘的村落……

电影狂人

一

有人说，少女身上有三种气味，一种是香水味，一种是洗发水味，一种是体味。

当初，就是叶子身上这种芬芳的气味，把大贵深深吸引住了，这气味令大贵感到舒爽和迷醉。那是什么样的气味呢？大贵实在是无法用语言形容出来。

村里有人办喜庆之事，包场放电影，大贵就千方百计让叶子和他坐在一起。零距离闻到叶子身上的气味，这使得大贵产生一种乐陶陶的感觉，还有些紧张与慌乱，手心冒汗，心绪荡漾。

大贵喜欢这种不安的感觉，飘忽不定又似乎已经获得。那年，大贵十五岁，叶子的年龄也快赶上了。

大贵记得，这迷醉的气味来自一天的中午。那天太阳升到顶空，村边的松树、桂花树、竹子都静悄悄的，四处见不到人影，恒村的大人们还在地里或者田里忙忙碌碌。大贵刚从他家的田垌上来，准备回村，这时，他忽然闻到一阵淡淡的令人格外舒畅的气味，抬头一看，他看到了叶子。

叶子手拎一只小竹篮，篮子里装着青油油的菜心，头上戴着白色的遮阳帽。原来叶子是去她家的菜园子摘菜回来。这是大贵第一次闻到这种气味，也是第一次令他如此心绪荡漾。

以往，大贵从来没有用心留意过村里这个叫叶子的女孩，突然闻到这种气味，使他一下子感到她是那么陌生，似乎有了初次相见的感觉。当叶子从他身边走过时，大贵故意笑着朝叶子叫了一声："莲藕叶。"他记得村里很多人这样跟她开玩笑。

叶子朝他噘了一下小嘴巴，做了一个鬼脸，回应他："大木柜（贵）。"村里也有人这样开玩笑叫他呢，原来叶子早知道他这个外号。叶子一边说一边从他身边走过去，再没有一句话，也不再看他一眼。

大贵用力往鼻子里吸了几口气，清新的气味仿佛一下子把大贵带入了暖意融融的春天，他一屁股跌坐在花丛里。

他跟在叶子后面走，进了村，直看到叶子走进一幢青砖瓦屋的后院。当后院的木门轻轻掩上，叶子的身影消失在门内后，他还痴痴地站在那里很久很久，呆呆地看着那座青砖瓦屋，脑子里想象叶子在里面的各种动静。

两天后，村里有人讨新媳妇，请全村人吃喜酒，晚上在家门外包场放露天电影，请的是高龙大队的电影队。全村如过节似的，红红火火，热闹非常。电影放映前，大贵在人头攒动的人丛中意外地发现叶子，他喜出望外，站起来，踮起脚尖朝她一边挥手一边叫喊："叶子！叶子！"叶子在闹闹嚷嚷的人丛中听到大贵叫她，抬头朝他看了看，然后走了过来。原来大贵扛了一张长凳子来看电影，长凳可以坐三四个人，但他只让叶子与他一起坐。大贵觉得，那是他运气好,所以获得这种荣幸。

后来,村里每当有人包场放电影,他都看到叶子。当然,每一次他都叫叶子跟他坐一起,也只有看电影时,他才有机会与叶子那么接近,那么零距离地闻到叶子身上那令人迷醉的气味。

二

那时,除了看电影,叶子在晚上是难得出门的。她母亲不准她出门,就是白天也不准她到处走,但村里有人包场放电影,母亲则会允许叶子出去看电影。只是村里不是天天都有人包场放电影,有人过八十大寿生日,有人家娶新媳妇,有人贺新屋落成,有人生了贵子,有人考上大学,等等,才会包场放电影欢庆一下。因此,大贵的小心思只能借由电影长凳上的默剧来表达。

柿子红了的季节,大贵终于有机会进入青砖瓦屋的后院里。

叶子家后院有一棵大海碗粗大的柿子树,有两层楼高,每年秋后,树上都挂满了红彤彤的柿子。因为果树太高,摘取不便,叶子母亲往年都要请村里的阿富来帮摘柿子,但那年阿富去城里打工了,便给大贵进入后院留下了机会。

"大贵。"一个熟悉的声音从大贵背后传来。

原来是叶子!从门前走过的大贵立刻停下来,喜滋滋地望着她,问道:"叶子,去菜园摘菜了?"

"不是,你有空吗?帮我家摘柿子呗。"叶子等待着大贵的回答。

"有空,有空,好啊,我去帮你摘。"大贵听到来自叶子的邀请,喜出望外,一个劲地点头。

爬到柿子树上的大贵仿佛开启了马达,摘了一个下午外加一个晚上,彤红的柿子堆满了箩筐,但大贵似乎仍觉得采摘工作才刚刚开始。从树下传来的关切,让大贵飘飘然,直至回家,大贵还沉溺在美好的氛围中。

"大贵,慢慢地,要小心呀。"这句甜蜜的话语伴随着大贵进入了当晚的梦乡。

在没有人包场放电影的时候,大贵天天盼着柿树开花,盼着柿树结果,盼着柿子长大,盼着柿子红彤彤地挂在树梢上。只有到了那时,他才终于有机会走入那幢青砖瓦屋的后院去,听站在树下的叶子仰着头向自己传来关切的问候。只是这种机会大贵一年才遇到一次,大多数时候他只能在青砖瓦屋外假装路过,期待着与叶子的"偶遇"。

后来,连这一年一次难得进入青砖瓦屋后院的机会也没有了。

那年,大贵又到叶子家后院爬树摘柿子,因口干,他从树上下来,叶子递给他一碗石崖茶,他双手接过来一饮而尽。接着,叶子从身上掏出一颗花生糖递给他,说:"大贵,给。"大贵说:"一颗啊,你吃吧。"叶子没有回答,她把银色的锡纸轻轻剥开,把花生糖放嘴里咬了一半,然后用手指捏着另一半放进大贵嘴里。大贵含着,觉得那糖又甜又香,那香味就是叶子身上迷人的气味,仿佛把整个叶子含在嘴里似的。大贵与叶子都没有觉察到,他们在后院的一举一动,都被叶子母亲看在眼里了。

叶子母亲正在屋里擦桌子，偶尔来到窗口往外瞥了一眼，正巧看到叶子把咬下的半块花生糖喂到大贵嘴里。她怔了一下，眼睛一瞪，脸色阴沉下来，但她没有做出任何动静，继续干她的活。

晚上大贵吃完饭走了之后，她把叶子叫到面前来，说："记住，以后不要再叫他来摘柿子了。"叶子默默地点了点头，她不明白母亲为什么不让大贵来了，以后也不明白，但也没有多问什么。

直到下一年柿子红了，大贵才知道自己再不能走进那幢青砖瓦屋摘柿子了。

再次"偶遇"的时候，大贵不解地问叶子："你妈要请谁去你家摘柿子呀？""不摘了，我妈说，烂在树上也不摘了。"叶子好像不愿意多说，回了句话便转身回家了。大贵呆在那里很久很久，脑子里空空如也，又似乱麻一样。

一年一次的机会都没了，大贵觉得那气味将永远离他而去，但过了三天，大贵又重获信心，那迷人的气味又回到了他的身边。

那一天，村里有人娶新媳妇，摆三天大酒，还请来一队锣鼓手，咚咚地吹奏了好一阵。晚上，主人家还包场放电影，连放三场，分别是《被爱情遗忘的角落》《雅马哈鱼档》《甜蜜的事业》。电影放映前，一个五十瓦的大灯泡把一大块地坪照得如同白昼，无数的人头在灯光下涌动，嗡嗡的人声此起彼伏。

大贵扛了一张长凳早早地占住最好的位置，大灯泡亮起来时，大贵踮起脚尖朝涌动的人头看过来看过去，站累了又坐下，坐下又站起来，神情显得焦急万分又烦躁不安，直到电影准备开映时，大贵才终于看到叶子的身影。但令他懊恼的是，居然有人也在叫"叶子，叶子"，而在人群中的叶子也正在用目光在人头攒动中去寻找叫她的人！

大贵赶紧朝她一边招手一边大声叫："叶子！叶子！来这里！来这里！"叶子抬头朝大贵看过来，最后挤过闹嚷嚷的人丛，来到他身边。当叶子在他身旁坐下后，他的心才踏实下来，才觉得叶子再不会被人叫走。大贵觉得，这世界上再没有什么比叶子坐在他身边更令他赏心悦目、精神百倍了。

这之后，大贵天天盼着村里有人放电影，如以前天天盼着柿子红了那样。

村里有人包场放电影，大贵都要扛那张长凳子去，然后站着等叶子出现，一看到叶子的身影，就招手朝她叫喊"叶子，叶子"。一次，叶子刚出现在放映场，就被一个叫天水的男子拉住，让叶子去坐他的椅子。大贵又急又气，觉得天水是专与他作对，心头冒火，三两步冲了过去，与天水争吵起来。眼看双方就要挥起拳头，于是叶子站起来，到大贵的长凳子坐下，一场银幕下的"武打片"才没上映。后来，有人包场放电影，再也没有人敢叫叶子了，而叶子一到就会用目光扫视全场，看到大贵朝她招手，就径直走过去。

大贵一心想着与叶子在一起，但只有看电影时，叶子才会有机会跟他在一起，离他那么近，而除了看电影，叶子似乎是另一个世界的人，让他感到可望而不可即。所以，大贵最大的心愿就是村里有人包场放电影。

最令大贵心绪荡漾的，是他与叶子在看电影时的微妙气氛。每当银幕上出现情侣相拥、相吻的镜头，叶子的身子都会出现微微的动作，摆动一下身子，或者情不自禁地往他这边靠过来，而大贵也会佯装无意间碰到了叶子的纤纤玉手或衣角。对于大贵的"冒犯"，叶子似乎毫不介意。这时的大贵心思全不在电影上，满脑子都是天真的想法，有一种骨头酥软的感觉。

但让大贵苦恼的是，电影放完，叶子就回家了，好像什么也没有发生。

三

于是，大贵每天盼着村里有人包场放电影，日盼夜盼，盼着村里要过的节日到来，盼着九月九，盼着正月初八，盼着有人娶媳妇、过生日、新屋落成……

一听到有人决定要包场放电影的信息，大贵就表现得特别兴奋，一早跑到主人家里去，手脚勤快，屁颠屁颠，自告奋勇陪着主人去高龙大队，找放映员荣歌。等主人跟荣歌谈好事情后，他就与主人、荣歌一起把两个装着放映机、发电机、音箱、幕布的大木箱搬回恒村。等到太阳刚刚接触卜岭岭头，他又急急地在主人家门前挖坑，撑起竹篙，挂上幕布，抬出发电机，安好音箱，拉电线，搬桌子，摆上放映机，忙上忙下，跑前跑后，累得一身大汗，但大贵绝不叫一声苦，脸上一直笑呵呵的，很开心快乐。

大贵只要一想到晚上叶子又要坐在他身边了，又能闻到她身上那种令人迷醉的气味了，又能把身子往他身上靠了，他就心花怒放，情绪高涨，见到谁都和声和气地打招呼，仿佛有使不完的劲。

太阳落山,夜幕降临,大贵又陪着放映员荣歌走到离银幕两百多米远的桂花树下,发电机就摆在这里。荣歌用手在发电机上面这里摸摸,那里扭扭,随即用手猛地一拉绳子,发电机突突突地响了起来。很快,五十瓦的大灯泡亮了,喇叭响了,放的流行歌曲,苏小明的《军港之夜》、蒋大为的《牡丹之歌》、王洁实和谢莉斯的《外婆的澎湖湾》、齐豫的《乡间的小路》,等等。

地坪上也越来越热闹,开始是孩子们跑来跑去,随即大人也来了,流行歌唱了四五十分钟,电影终于准备开映了。

这时,最让大贵望眼欲穿、激动人心的一刻终于到了,叶子来了!

大贵一边跳起来一边朝她招手,似乎在说"叶子,叶子,我在这",叶子一抬头,就看到了大贵,于是朝他挤过来。大贵觉得,能让叶子坐在他的身边,就是他人生中最大的幸福,这幸福来之不易啊,虽然这幸福只有两三个钟头,电影一完,幸福就随之而去,无影无踪,所以大贵很珍惜。

同时,大贵心里还默默地感谢包场放电影的主人,还要感谢放映员荣歌,因为他们,他才能有机会获得这种幸福。后来,无论是村里过节日包场放电影,还是谁家包场放电影,大贵都主动与主人去高龙搬大木箱。大贵觉得,这是两个令他魂牵梦萦的大木箱,大箱子里装着他的幸福、他的快乐、他的希望,还有那令他迷醉的气味。

村里不是常有人包场放电影的,往往一两个月,甚至三四个月才有一次。没有电影的时候,大贵一天到晚脑子里想的都是放电影，或者勾一勾指头，算算什么节日将要到了。

很多时候，大贵还在村里东转转西溜溜，打听谁家将有喜事了，谁家老人要过生日了，谁家要摆满月酒了，只要听到一点点蛛丝马迹，就迫不及待地跑到那人家去问，即使有时会碰得一鼻子灰。

柿子熟的季节，有广东果贩来村里收购柿子，大旺一家摘柿子忙不过来，就叫大贵去帮忙。大贵还没动身，就问："你家柿子今年大丰收，卖完柿子不放场电影庆贺庆贺吗？"听大旺爽快回答，大贵瞬间全身起了劲，来到柿子树下，往手掌吐一吐口水，嗖嗖就爬到树上。

但三天后，大贵发现大旺没有放电影的任何迹象，因此大贵迫不及待地去问："大旺，还没放电影？"

大旺一脸的不耐烦，说："放个屁影，柿子卖个烂价，没钱。"

大贵又气又无可奈何，之后每当遇到大旺，就说："你欠我一场电影！"大旺嘿嘿一笑，不跟他理论。

后来，欠大贵一场电影的人越来越多。

信富一家种柑橘，叫大贵帮忙挖果苗坑，大贵说："种下了放一场电影庆祝庆祝。"信富说："要放的，要放的。"大贵以为真要放电影，劲头十足，挥锹挖坑，大汗淋漓。果苗下坑后三天，大贵催信富："你说过放电影的啊！"信富说："刚种下，哪有钱放电影？等到以后结果了肯定放。"大贵哀叹一声，嘘一口大气，摇摇头，仿佛看到叶子已经出现在他眼前又突然转身离去。

有人插秧了，有人修茅屋了，有人挖厕所了，有人收割了，都叫大贵去帮忙，大贵都是爽快利落地一口答应，迈开大步，噔噔噔噔，快步赶去，但最后他帮忙过的人家都是——爽约。

大贵不断地给人出力出汗，不断地被忽悠，那是大贵太相信人家了，或许，大贵太急着有电影放了。

其实，大贵并非很想看电影，他的心思全不在乎看电影，他在乎的是叶子晚上能走出家门，来到他的身边，让他闻到那能使他迷醉的气味。

四

离村打工的人越来越多，村里的人口越来越少，但大贵仍不想去打工，他心心念念的人是叶子。不知为什么，叶子也没有出去打工，也许是不愿意去，也许是她母亲管得严，不允许。

村里只剩下叶子一个年轻姑娘了，其他女孩子都去了城里，有的进了制衣厂坐车位，有的进了酒店做服务员，有的进了电子厂做装配工，等等，都找到了工作，都能攒到钱。

十天半月，恒河镇上的邮递员就会骑着绿色的单车进一次村，见人就问："大哥，黄连富是哪家？他有一张一千元的汇款单。"听到声音，一些媳妇与婆婆都纷纷开门走出来，惊讶又羡慕地叫道："哇！阿娇妹寄钱回来啰。""阿娇妹是个好闺女啊！""水叔家的虹儿也是个好闺女，上次寄了两千块回来啊。"

大家都往城里跑，跑出去的人都很少回来的。大贵天天悬着一颗心，担心叶子也去了，晚上还梦见过几次叶子跟人进了城，醒来时还很后怕，天一亮就跑到那座青瓦屋外面转来转去，直到听到里面传出叶子与母亲说话的声音，他悬着的心才踏实下来。

村里没人包场放电影，叶子没机会在他的身边坐，再闻不到叶子身上那令他迷醉的气味。大贵像一只无头苍蝇，这里转转，那里转转，脑子里全是电影电影、叶子叶子。

有一天，大贵转到他家房子的后面，站在父亲买回的一堆红砖前，大贵心头不由一振。红砖，红砖，好大一堆红砖，那是父亲花了五六千元买回来的，是父亲在工地做了几年泥水工才攒下的，准备用来建新房子，让他娶媳妇。大贵呆呆地看着那些红砖，心里在想，没有人放电影，那我干吗不自己放？对！我要包场放电影！天天晚上放电影！大贵犹豫了一下，又欣然地笑了。

两天后的下午，大贵把那一大堆红砖卖掉了，拿到了厚厚一沓钞票，四千元啊。红砖卖给了龙湾村一个准备建房子的人家，开始大贵开价五千五百元，但人家看穿大贵急着用钱的心思，只给到四千，还说："卖就卖，不卖就算，我到砖厂去买。"大贵着急地说："好吧好吧，四千就四千，你请车来搬。"

就这样，村里又放电影了，这次是大贵包场放的电影，也是大贵第一次包场放的电影。虽然来看的人远不如以往热闹，大多是老人和孩子，气氛冷清很多，但大贵仍然无比快乐，乐开了花，叶子终于有机会走出家门了，可以坐到他身边来了，他又能闻到她身上那迷醉的气味了。

当然，影片是大贵亲自去镇电影院挑选的，他喜欢挑那些一男一女你追我赶、拥抱亲吻的电影。果不出所料，叶子看到这种镜头，身子会不自觉地往大贵一边靠过来，大贵也顺势把身子贴过去，两个身子就这样倚靠着看电影，直看到银幕上跳出"剧终"二字才分开。这时大贵还意犹未尽，真恨不得电影一直放到天亮，但一个晚上他只能放两场电影，因为叶子说，母亲说过不要回家太晚了。

大贵连续包场放了半个月的电影，这是村里前所未有的事。

开始，别人问大贵什么事放电影，大贵随口杜撰一件事，说："今天是我爷爷的诞辰，放电影庆贺庆贺。"人家说："我记得你爷爷的诞辰不是今天啊。"大贵说："我提前庆贺不行啊？"人家笑了笑，就不再跟他较真了。第二天又有人问什么事放电影，大贵说："今天是我奶奶的诞辰，放电影庆贺庆贺。"后天有人问，他又说："今天是我老爸的生日。"

无论哪一天谁问，大贵都能找到一个放电影庆贺的理由。五天之后，他放电影的理由是："今天是我的生日""今天是我开始上小学一年级的纪念日""今天是我上小学二年级的纪念日""今天是我数学考试获得首个鸭蛋的纪念日""今天是我考试不及格老爸打我一顿的纪念日"。

十天之后，大贵觉得只为自己家人以及本人放电影已不是什么值得骄傲的事了，于是他就到村里去问，要为别人包场放电影。但是大贵一连问了好多个人，却没有一个人愿意接受他的好意，理由是：有大事也不会摆酒席了，亲戚朋友都去外面打工了，谁还来喝酒？谁还来看电影？

这让大贵悻悻而归，只好继续给家人放电影。但令大贵高兴的是，在这一晚晚的电影聚会中，他与叶子的感情更进了一步，叶子每次临走前的笑意总让大贵发掘这村子的美好，久久不能平复激动的心情……

大贵怎么也没料到，他与叶子难舍难分之际，父亲会突然出现在面前，使得他愕然不知所措。

那是傍晚时候，大贵吃过晚饭，洗了澡，换上一身干净的的确良衣服，准备出门去放电影的地坪那儿，配合荣歌放音响。大贵刚扣好最后一颗衣扣，父亲就突然出现在他面前。父亲身上穿着袖口磨破了边的衣服，衣领也是破的，身上还沾着星星点点干了的泥水浆，看来父亲是来不及换上干净的衣服匆匆回家的。回家急，那肯定是有事了。父亲一定是听到某个老乡的话才匆匆赶回来的。父亲脸色冰冷，没有一丝表情，两团火一样的目光熊熊地烧向大贵。大贵大吃一惊，呆了好一会儿才叫了一声："爸……"

父亲如一座石像似的站在那里，盯着他，久久才说了一句："红砖呢？"

大贵嘴巴嗫嚅了一阵才说出话来："爸，我错了……"

父亲反问："错了？"

大贵却犟嘴，说："年轻人都会做错事嘛，你年轻时不是也做过错事吗？你用菜刀把我们家的牛耳朵生生割下来炒菜下酒，被爷爷打，你说的。"

"啪"，父亲举起手，一巴掌打过来……

第二天，大贵去了城里。

大贵是被暴怒的父亲带离恒村的，这次父亲不管大贵愿不愿意，无论如何要大贵出去打工，跟他一起挣钱，把卖掉的红砖挣回来，并且还要挣回买钢筋、水泥等建楼房所有的钱。父亲气急败坏地骂道："不打工，你还不知道钱难挣！老子辛辛苦苦攒下建房子用的红砖，被你用来放电影放掉，你放掉的不是钱，放掉的是我身上的血汗，懂不？跟我去工地干活，把红砖钱挣回来……"

大贵被父亲带到工地上搬砖、扎模板、倒沙石，干的都是杂活，每月的工钱都得交到父亲手上，父亲从中拿一点给他，当零花钱用。开始，大贵心里还天天想着远在恒村的叶子，每当夜幕来了，他躺在工棚里，脑子里想的就是叶子，他想，叶子也在想他吗？叶子在想与他一起看电影吗？他又想，村里会有人放电影吗？如果有人放电影，叶子会跟哪个男人坐一起呢？她看电影时也会把身子往那男人身上靠吗？这种想法，使得大贵很揪心，他希望叶子永远不要与别的男人坐一起看电影，而是等他回来。

工地上干活又脏又累，日晒雨淋，大贵好几次闹着要回家，可父亲就是不肯让他回，还把大贵看得紧，不准他到处乱跑，不准他跟不正经的人来往。父亲一直想攒到建房子的钱就带大贵回去，可很多年过去，还是攒不够足够的钱。

五

大贵前五年是在工地上度过的，后十年是在监狱里度过的。

晚上或者不上工地的时候，那帮在工地干活的人常在工棚里赌得天昏地暗，尤其是发工钱的那几天，赌得更凶，时有吵架动武的事发生。

大贵父亲是个安分的人，不喜欢热闹，更不喜欢参赌，下工后时常待在工棚里抽烟聊天，只想好好打工挣钱，攒够建房子的钱。父亲也不允许大贵赌，还多次劝告大贵，说："不要赌，十赌九输。"父亲是担心辛辛苦苦挣来的工钱赌没了。

但大贵看到别人赌，发现还有人真赢了钱，烟抽的都是名牌烟，心痒难耐，于是趁父亲不注意，悄悄往开赌的工棚跑。他异想天开地想在赌场上赢一把，或者赢更多，赢来足够建房子的钱，有了钱，父亲就可以带他回恒村了，他就可以放电影了，就可以见到叶子了。

一开始，大贵运气还真的好，用身上仅有的三十元下注，两三番就赢到手五六百元，他心花怒放，心想，原来攒钱这么容易啊。没想到后来连着输，如下坡时刹车失灵的汽车，一路往下滑，终于把赢到手的两千三百元全输光。

后来，大贵终于发现工头的兄弟阿帮有"出千"的行为，要求阿帮把他输掉的两千三百元还给他。不肯归还的阿帮便和大贵动了手，阿帮从床底抄起一根铁棍，大贵随手拿起一块砖头。未等阿帮的铁棍举起来，大贵手里的砖头就飞了出去，准确无误地砸在阿帮的额头上，阿帮来不及叫一声，就一头倒了下去。

工头听闻大贵打了人，叫了三个乡党赶来。大贵见状，干脆豁出去地大拼了一场，先是一铁棍把工头打倒在地，回身又一铁棍将一个乡党扫倒，另两人不敢恋战，转身跑了。

大贵因为重伤了三个人，被判了十年。

身处监狱的大贵还是时刻思念着叶子，他始终相信叶子会等着他回去，而他心中因为有个喜欢的叶子，无论身处什么样的境地，都充满着幸福的期盼与希望。大贵刑期满之后，找到他原来打工的建筑队。大贵的父亲于两年前在工棚里病故了，他要找工头处理父亲留下的后事。经过一番折腾，他拿到了一笔数目可观的钱。

十五年后，大贵独自从城里回来了，他终于有钱了。大贵打算回来建新楼房，完成父亲未竟的夙愿。他还想放电影，还想叶子坐在他的身边看电影，身子往他身上靠，使他闻到她身上那令他迷醉的气味。

只是大贵没有想到，他回来后再也见不到叶子了，叶子永远离他而去了。

大贵是从放映员荣歌那里得知叶子最后的消息的。

大贵回来的第一天就想请荣歌放电影，但是荣歌告诉大贵，已有十几年没有人请他放电影了，很多人都外出打工，放电影也没人看。记得自己放的最后一场电影只有主人一个人看，场面冷冷清清，放电影的人没劲，连主人都没一点兴头。

荣歌还告诉大贵，叶子死了，是他离开恒村不久就死的。

大贵木然地坐在荣歌对面，似乎僵化了，过了半天，大贵的双眼才流下两行泪水……

大贵离开恒村三个多月后的一天，母亲要带叶子去镇上相亲。那天早上，母亲比平常早早起来，煮好早饭，然后催叶子："快出来吃早饭，一会儿我们要赶很远的路，我跟人说定了，正好他今天有空，错过了今天，不知要等到哪一天了。"叶子在房里回答："妈，我不想这么快结婚。"母亲说："先定好啊，过两三年再办大事。"

但叶子不想吃饭，只吃了两片酸柚子。其实，叶子那几天一直都说没胃口，只想吃点水果。

那天相亲的对象是一个三十岁左右的猪贩子，经常到乡下收购生猪，宰杀后拿到市场自卖。猪贩子是镇上的居民，很有钱，家里建有一栋三层楼房。

那时，乡下的女孩都梦想嫁到镇上去，只要能嫁到镇上，就等于嫁到城里，做了城里人，就可以不再受种田种地、日晒雨淋的苦了。

那天相亲的地点选在镇上一家国营饭店，猪贩子事先等在那里，还点好一桌丰盛的饭菜。叶子与母亲在饭店大门一出现，猪贩子就站起来迎接她们，一边微微笑着，一边用目光在叶子身上来回扫视。叶子很难为情，红了脸，把头低下去。

坐下后，猪贩子很快收住了脸上的微笑，低头吃了两口菜，然后又盯着叶子看，突然问道："妹子，你有过男朋友吧？"叶子耷拉着脑袋，没有开口。

母亲快言快语地说："她刚长大，哪有过男朋友啊？从来没有过，我叫她来相亲，她还不愿来哩。"

猪贩子若有所思，说："是吗？"

母亲说："是的是的，我平常都不让她到处乱跑，她认识的人，我都认识。"猪贩子随即站起身，接着弯腰凑近母亲耳朵小声说了一句"出门口我跟你说"，就往门口走去。

母亲站起身，跟在猪贩子后面走。两人随即消失在门外，但母亲很快又回来了,脸色很不好看,到了叶子身旁也不坐下,目光像锥子似的看着叶子,好一会儿才说:"我问你,你肚子是不是有了?"叶子头低低的,木然而坐,好一会儿才细声回答:"我也不知道。"

母亲的脸色越加严峻,说:"怪不得这几天你总说没胃口,吃酸柚子,原来是这样,我怎么一点没留意啊!"母亲越说越难过,哗哗地流下眼泪。叶子木头一样地坐着,缄口不言。

母亲终于大哭了起来,一边哭一边诉说:"我只有你这一个独女,一直想让你嫁个有钱的男人,妈以后老了也有个依靠,现在全落空了,你怎么这样啊?以后谁还会看上你啊?我老了以后怎么办啊……"

数落了半天,母亲又问:"到底你跟谁的啊?"

叶子低头不吭声,母亲又追问下去:"到底谁啊?谁啊?谁啊?你说话啊……"直到回到家,叶子都没有说一句话。

第二天,伤心流泪了一天一晚的母亲要求叶子把肚里那块肉打掉,"不!"出人意料,叶子终于开口了,并且还道出了肚里那块肉是谁的,她说,"这是大贵的,我要把他生下来!"

母亲张开大嘴"啊"了一声,说:"原来是他的,怪不得以前我经常发现他在屋外面转来转去,原来是为了你,我怎么没想到啊?快打下来!"

叶子还是说:"不,我要给大贵生下来。"

母亲恨铁不成钢,指着叶子说:"人家跑了,你还要生下来,在家生野种啊?"

"我等他回来。"叶子还是那句话。

"他回来还是一个样,败家子,把建房子的红砖都卖掉放电影,你跟他过日子喝一辈子西北风。"

"只要他喜欢我就行。"不管母亲怎么说,叶子还是坚持要生下来。

但是,叶子的执拗到底还是败给母亲。叶子在连喝了两碗母亲熬的鸡汤后,肚子开始疼痛起来,母亲见状,连忙叫人把叶子送到恒河镇人民医院。一阵折腾过后,叶子肚里那块已成人形的肉掉下来了。叶子看到母亲一脸雨后初晴似的笑意,这才明白,原来母亲在鸡汤里下了药!

叶子再也没有说一句话,只是哭,一直从医院哭回恒村。回家后继续哭,哭得天昏地暗,一连哭了三天三夜,从天亮哭到天黑,从天黑哭到天亮,不吃也不喝,不洗也不漱,仿佛所有的诉说、所有的爱恨都在她的哭声里。

母亲从早到晚,又从晚到早地听着那无休无止的哭声,心里一片茫然,连连叹气。到了第四天早晨,哭声出人意料地消失了,听不到了,母亲反而感到有些不正常。她觉得奇怪,走过去推开叶子的房门,这才发现叶子不在里面。

接着,母亲又推开通往后院的门,发现叶子在院子里。叶子双手紧紧地抱着那棵柿子树——那棵大贵曾经爬上去的柿子树。

母亲走过去拉了一下叶子,随即哇的一声哭了起来。

叶子已经没有一点气息。

六

　　最后一抹血红的残阳在卜岭上空消隐前，大贵在那座青砖瓦屋后院门外停住脚步，后院的木门依然如多年前那样紧紧关着，一张残破的蜘蛛网寂寞地挂在门头上，枯黄的小草从铺在地上的石板缝冒出来，这一切都在说明，这里已长久没有人走过。村里有人告诉过大贵，叶子死之后，她的母亲不知哪一天离开了这座青砖瓦屋，从此再也没有回来，不知去向。

　　从此，这座老旧的青砖瓦屋再也没人进去过，前门与后门静静地关着，很多人都不愿意走近那里，怕沾上晦气，都远远绕着走过。有人说，在月色惨淡的晚上，院子里面曾传出一声声哀怨的啼哭声。听闻这事的人，脊梁骨即刻掠过一阵寒流，头发根根直立。

　　大贵默默地绕着青砖瓦屋走了一圈，又走了一圈，一连走了三圈，最后又停在后屋的院门口。淡淡的暮色降临，忽然起了风，周围的树林立刻响起一阵阵落叶的沙沙声。

　　大贵抬手往门上轻轻一推，那门闷声响了一下，出人意料地开了，大贵一阵惊讶，他一直以为门是锁着的。他抬脚往里走了进去。院子里满目荒芜，齐腰深枯黄的杂草与落叶铺满地上，每一步踩下去，都会听到一声枯枝败叶被踩碎的哀怨。青砖瓦屋依然是门窗紧闭，像一座巨大的孤坟，没有一丝生气。

　　大贵首先留意到的是那棵临窗的柿子树，那是他曾经爬上去过的柿子树，此时树上的叶子都落净了，裸露出光秃秃的枝条。大贵慢慢地走近柿子树，仰头看了看高高的树梢，又看了看掉满落叶的树根，忽然，大贵大吃一惊，在黄昏幽幽的余光中，他清楚看到面前柿子树的树干上刻有两个字，那肯定是用小刀刻上去的，刻的正是他的名字——"大贵"。

笔画刻得很深很深，不管岁月的利刃如何锋利，刻痕都无法被削平。树干上的刻字如重重的锤子，砸向大贵的心，使他感到阵阵痛切。大贵的目光在树干的刻字上停留了好几分钟，他忽然想到什么似的，接着移动一下脚步，目光转到另一边的树干上，很快他又看到另外两个"大贵"。

大贵的心震颤了一下，于是他赶在黄昏最后的余光消失之前，迫不及待地巡视树干周身，最后他竟然发现，整个柿子树的树干上都刻满了"大贵"二字！

看着树干上刻的无数个"大贵"，大贵似乎听到了叶子在望眼欲穿地呼喊："大贵……大贵……大贵……"

暮色中，大贵紧紧地抱住那棵柿子树，一边哭一边哀号："叶子，我回来了，叶子，我回来了，我回来了……"

恒村的女人

　　春燕离开恒村，离开那个她一手打理得干干净净的家，这是恒村人们始终没有想到的。时至今日，春燕离开的原因仍无人知晓。

　　肖部长是三年前来过春燕家的，为的是下乡调研民俗，顺便看望一下曾经共同劳动过的老朋友——春燕男人的父亲，也就是春燕的家公。原来，肖部长年轻上山下乡时曾在恒村插队做过知青，两人曾经一起抬过石头，挖过水渠，守过仓库。回城这么多年，他升了官，如今想顺路来探望，没想到老朋友于前一年故去了。

　　那天上午，只有春燕一个人在家，她刚刚拖了一遍洁白的地板，靠墙的长沙发也刚刚揩过一次，这时肖部长就来了。肖部长一进来，目光就被干干净净的客厅吸引住，然后又走进厨房看了看，随即赞赏了一句："太干净了，我经常下乡，这是我看到过的最干净的家！"

　　这句话让春燕特别受用，有点受宠若惊，但她当时根本没有想到，因为这句话，她平静的生活从此不再平静了。

　　后来，肖部长那句赞赏的话，一传十，十传百，很快在村里传开了，而且还传到外村，传到很远的外地。肖部长走后，以往很少来春燕家串门的人，都找个时间来她家走一走，这明明就是来这验证一下肖部长的那句话，但春燕没有使这些人感到失望，他们来过后，不得不心服口服，都说："名不虚传啊，真的太干净了！"

能得到别人的赞赏，那当然是值得开心的事，开始春燕是非常希望有人来欣赏她的"作品"的，看到别人高兴，她也高兴。春燕用尽精力打理着她的这部"作品"，容不得有一丝瑕疵，来人一走，她第一时间就是拿起湿过清水的拖把，在来人走过的地板上反反复复地拖来拖去，接着再用湿过清水的白毛巾在沙发上、椅子上揩擦一遍。

但不知从哪天开始，春燕的心理有了变化，家里来人了，春燕脸上的笑意不那么自然了，还有些僵硬。待客的动作也怠慢了，来人进到客厅，她不再主动叫来客坐下，也不再倒茶了。

春燕往往面无表情地站在来人旁边，眼睛总是往地板上瞄，那是在看来人的双脚是不是沾有泥土，而泥土是不是又会沾在地板上。有时，她似乎在提醒来人又像是在自言自语："我就不喜欢无事在这里走、那里走，弄得鞋子满是泥巴。"

但村里依然还有人时不时地来闲逛，有那么五六个人，几乎每天都按时到场，把春燕的家当成了摆龙门阵的地方，闲聊起来没完没了。虽然春燕当着他们的面，把拖把在他们脚边时不时拉锯似的拖来拖去，但他们还是视而不见。

但终于有些爱说闲话的村妇开始说话了："她真是的，人没走她就拖来拖去……"

"是呀，是呀，让我们都不好意思再去。"

于是，村里渐渐少人去春燕家，最后都不去了，就是有的人来了，也只站在大门口，再不踏入客厅一步，把眼睛往里面看一会儿，便转身又走了。虽然春燕出于礼貌微微笑着，招呼他们进去，但始终是没人愿意进去了。外地人却不时地慕名而来，最主要是因为肖部长那句话起到最有效的影响力。只是这时春燕不管是村里人还是外地人来了，都是一种心态，一副表情。

那天上午，刚落过一场春雨，屋外的草尾和树上的叶子还沾满着晶莹的水珠，路面的泥土湿润润的，出村的手扶拖拉机闹哄哄地从这里朝镇上开去，湿润的路面出现两道深深的辙痕。

这时，春燕家又来了一个外地妇人，这妇人手臂上吊着一只棕黄的小皮包，围着披肩，头上扎着发髻，耳朵垂着金环，颈脖挂着粗大的项链，一身珠光宝气。只是她的高跟皮鞋的鞋底沾满了湿泥巴，这让春燕看了很是不悦，但春燕仍然做出欢迎的神情接待来人。这妇人一走进客厅，目光就在客厅内上下扫视，还蹲下身子，侧着身子，极力将脑袋往地板上靠去，那是她要看沙发和椅子下的地板。她还用手伸进沙发下的地板摸了一把，然后站起身，仔细检查手上是否有余灰。

在这位妇人以严格又挑剔的目光在客厅上下左右环视时，春燕一直跟在妇人的后面，手里握着一把不锈钢长柄的拖把。妇人走一步，她手里的拖把就在妇人的脚印后反复拖一拖，妇人再走一步，她的拖把又跟着拖一拖。

妇人整个客厅走过一遍，洁白的地板上却依然看不到一个鞋印,光洁如初。当妇人准备离开时,在门口对春燕说:"百闻不如一见,真的很干净,名不虚传呀,佩服你!"

春燕说:"欢迎再来!"随即转身,进屋里去了。

不清楚这妇人是什么人,做什么的,只是妇人来过之后,越来越多的人都知道春燕的家是最干净的。人们在茶余饭后,或者在赶集市的时候,都在议论春燕的家,都在发誓要以春燕为楷模来要求自己像她那样做。而村里的人出远门时,无论到了哪里,都会听到有人在说春燕的家干净,听后他们都以春燕是自己的同村人而骄傲,都认为是春燕给他们的脸上添了光彩。

外地来春燕家的人更多了,每当有人来,春燕都是拿着不锈钢长柄拖把紧紧跟在他们后面,他们走一步,春燕跟上一步,他们再走一步,春燕再跟上一步,手里的拖把在他们的鞋印后反复拖几遍,把随时出现的鞋印完全消灭干净。

后来,来人也不进屋了,都在大门口停下脚步,往里面看一会儿,然后转身离开,都说:"真的很干净,真的是传说的那样,肖部长的话是真的啊。"

春燕的变化也影响了自家人。

以前,春燕感到孤独了、寂寞了,她就想在农场承包果园的男人,盼着他能回来陪陪自己,若是男人回来了,春燕能开心好几天。而现在,春燕虽然盼着男人回来,但又讨厌男人回来引来的狐朋狗友,七八个男人在客厅聊天,抽烟,打麻将,吃吃喝喝,整个客厅弄得乌七八糟。人走后,春燕往往要花半天时间才能清理干净,这让春燕忍不住一边拖地,一边抱怨:"唉!脏死了!唉!

脏死了！"

男人坐在沙发上，双脚高高抬起来，满脸嫌弃地看着春燕的拖把拉锯一样地在他脚边拖来拖去。"地板不就是用来踩的嘛，还怕弄脏了？"男人不满地吐槽起来。

"脏了不像个家，狗窝一样，如果肖部长刚好来看到呢？"春燕继续手中的动作。

"难道弄得这么干净就是给肖部长看的？"

"话不能这么说，不管给谁看，都要弄干净，不然哪像个家？狗窝一样！"

春燕一边拖着地板，一边唠叨个没完，拖完了，又拿湿毛巾擦沙发、揩椅子，额头上累得满是黄豆般大的汗珠子。男人看着春燕连轴转，心中更是不耐烦起来，嘴巴嗫嚅几下，却说不出什么来，最后，他站起来百无聊赖地闲走了几步。

没想到，春燕一见男人站起来，瞬间就将目光转移到了他脚下，充满嫌弃地去洗手间拿来拖把，反复拖了男人刚走过的地板。

男人无奈，离开春燕几步，掏出香烟，点燃一支，吸了两口。春燕的目光随即转移到他面前的地板上，立刻大惊小怪地叫喊起来："哎呀呀！那烟灰都掉到地板上了……"说完，又拉锯似的用拖把拖起来。男人很无奈，干脆走出大门外，继续吸烟。

这之后，男人更少回家了。那个一尘不染的家里，回去了自己就会变成最大的"尘埃"，惹人生厌。

春燕有个二十岁的儿子，在广东打工。这年九月九，儿子本不打算回家，但耐不住春燕在电话中的反复叮嘱，见母亲心里挂念着自己，儿子最终答应回家。九月九的前一天晚上，儿子回家了，同时还带回了一个年轻时尚的女孩。

但儿子没有料到，他也同样遭遇了老爸回家时的经历，回来的第二天就受到了母亲春燕的白眼。因为儿子的一帮老同学听说他回来了，都来探望他，一大群人在客厅里聊天，抽烟，打麻将，吃吃喝喝，晚上还拿着话筒唱卡拉OK，瓜子壳、苹果皮、烟蒂扔得满地板都是，洁白的地板踩得满是脚印。

那帮老同学刚离开，春燕就立刻打扫起了客厅，一边拖地板，一边不停地埋怨："唉唉唉！脏死了，脏死了，狗窝一样，如果肖部长刚好来了看到多不好！"

儿子说："妈，家里来人多热闹嘛，搞脏了重新打扫就是。"

春燕却不以为然，说："人多更要弄干净一些，狗窝一样，人家看了会笑话我们的。"

本来儿子准备在家多待几天的，但跟他一起回来的女孩不停地催，要回广东。两人回来前一起约定好去爬山，也被女孩回绝了，儿子问女孩："为什么啊？"女孩有些怯色地说："你妈妈一天到晚都拖地板，让我心里好害怕。我怕你妈妈怪我们弄脏了家。"虽然儿子再三劝阻，让女孩由母亲去，别多心，但最终儿子执拗不过女孩，与她一起回了广东。后来，儿子也很少回家了。

春燕的男人跟别的女人跑了后，春燕曾经去了一次广东，想照顾她那打工儿子的生活，因为儿子跟那女孩同居了，按现在一般的说法，同居了就算成家了，结婚了。春燕其实是等着抱孙儿的呢。

但春燕很快又回村了。据春燕后来对人透露，她跟着儿子、媳妇一起住，每天没啥子事，总想把儿子租的两室一厅搞得干干净净的，像村里的老家一样，可儿子一见她拿起拖把拖地板，就阻止她不要拖，对她说："妈，你别那么拖来拖去了，有空就坐下来看看电视吧，去外面逛逛街也好，跳跳广场舞也行。"

春燕却说："地板踩了这么多的鞋印，不拖干净哪像个家？狗窝一样。"

儿子说："妈，狗窝就狗窝吧，我们住惯了。"

春燕对儿子的懒惰气不打一处来，指责儿子说："这么脏呀，以后有了孙子，也让他在地板上爬吗？"

儿子不想争辩，丢下一句："妈，你回老家乡下去好吗？以后有了孙子，我们请个保姆来照顾，你年老了，好好在家安度晚年吧，有空我们会回去看你的。"

春燕还发现那女孩子的脸色似乎也不大好看，神情淡淡的，不冷不热，在她面前很少有一句话。于是，春燕便回村里来了。只是她心里怎么也想不通，她天天那么卖力地给儿子小两口打理生活，儿子为什么不喜欢她在身边呢？

她弄得干干净净的家，村里人都不来了，男人也跑了，儿子也不愿意回来了，她想不通这到底是为什么！

春燕觉得自己很失败，但又不明白失败的原因在哪里。她把家弄得这么干净，是方圆几十里所有人家学习的楷模，村里人都因为她而骄傲，但自己的男人却不愿意回家住，宁愿在农场的果园里住肮脏得像狗窝一样的棚子，跟一个臭不要脸的寡妇鬼混。

她一直被蒙在鼓里,一直以为男人在农场老老实实、安安分分地忙他承包的果园呢。她有什么对不起他的呀?她把家弄得干干净净,还不是为了他住得舒服?为了他们一家人面子有光彩?而他和儿子却背叛了她。

恒村的人都以为,春燕会以离婚相要挟,要她男人收心归来,但大家发现,就是发生了这么闹心的事,春燕每天依然如以往那样,把家弄得干干净净,洁白如新,难道她是想以最干净的家迎接她男人回来吗?春燕怎么也想不通的是,她把家弄得那么干净,以及她的宽容并没有使她男人回心转意,这个家再也看不到她男人的影子。

事实说明,她除了把家成功地弄得干干净净之外,其他事都很失败。

大约是在春燕男人跑后的半个月,恒村那些多嘴多舌的妇人开始对春燕大为不满,因为她们发现春燕家客厅的地板上开始有了几个浅浅的鞋印,而且八仙桌上面还有几个水滴干涸后的痕迹,有些像眼泪掉在上面蒸发后留下的。这显然是春燕没有及时擦掉,可她以往不是这样的呀。

妇人们发现这个情况后,如同发现了什么重大的事件一般,极为惊讶。但她们同时也发现春燕那双眼睛依然红肿,只是这个时候她们对她那双红肿的眼睛不大感兴趣了,她们的注意力都集中在她家客厅的"容貌"上。按照她们的说法,这才是最重要的,因为这已经不是她一家的事了,而是整个恒村的事了。

"她实在不能就这样松懈下来的,如果被外地来的人看到了,那还得了？这关系到我们全村的声誉啊。"

"就是呀，外人一定会说我们恒村人空有虚名，以后我们到了外面还怎么抬起头来？"

"一定要给她提提醒，要保持声誉呀，就是不为了我们恒村人，不为了她本人，也要为县委的肖部长着想呀，不然人家会以为肖部长说话不真实。"

于是，她们兵分两路，一路到进村的路口阻拦想到春燕家看的外地人进村，一路直奔春燕家劝服春燕。但她们没想到，春燕听了她们的话后，脸上显出一种欲哭又止的表情，好半天才流下了泪，说了一句："你们……你们怎么会这样？太过分了。"一边说，一边狠狠地一扭身子，朝房门口走去，随即嘭的一声关上了房门。那些妇人面面相觑，依然坐在客厅，细声地说着什么，一时不知如何是好。

有一天，一帮妇人又聚集在村小巷口说春燕的怪话，春燕刚好经过，有人刚说了一句"她真不该就这样毁了我们恒村人爱干净的声誉……"就被她听到了。她停下脚步，朝她们叫道："总有一天，你们会遭报应的……"

恒村的妇人当时听了这句话并没往深处去揣度，但一年后，她们想起春燕说过的这句话才愕然不已，因为她们这时才明白春燕这句话的含义。

恒村人那时喜欢在田里种慈姑，甚至连稻谷都不种了，因为慈姑比稻谷容易管理，成本也低很多。不知哪一年开始，一到慈姑收获的季节，就有一个男人来到恒村，把全村的慈姑全部收购，装上一条柴油机启动的大木船,运到不知什么地方去。这男人大约四五十岁的样子,头戴黑毡帽,见人显得彬彬有礼。因为他年年来一次,与恒村的妇人小孩都混得很熟,甚至恒村的狗都认识他了。恒村人早已习惯把慈姑卖给这个男人,而不愿意卖给别的人。因为这个男人出的价钱让众人都满意,所以,每年收获慈姑后,恒村人都要等到这个男人来了才肯出手。恒村人不知这个男人叫什么名字,也不知他是哪里人,一见面都叫他"慈姑佬",慈姑佬也回应得很爽快。

慈姑佬今年又准时从恒河上游来到了恒村。

"慈姑佬呀,今年种慈姑成本多了很多,你要给高一点价呀,不然我们没干饭吃,只能喝粥了。"

"那是那是,肯定要给你们高一点价的,放心放心。"慈姑佬满脸笑微微地回答,显得非常随和。

那天慈姑佬是下午两点左右到恒村的,于是家家都把收获的慈姑挑到木船停靠的恒河边,过磅,付款,装船,一直到傍晚时分才算忙完。

春燕没有种慈姑,但年年慈姑佬来了,她都会主动去码头帮忙,记数呀,过磅呀,装船呀。等忙完后,看着大木船的隆隆声在恒河上越走越远,逐渐消失在夜幕远处,她才回家。

那天即将忙完的时候,春燕回了一次家。后来有人说,发现她回到家后,屋前屋后匆匆忙忙地收拾了一遍,然后关上大门,又掩上后门,夜色中,匆匆又往恒河边走去,只见她肩膀上挂着一个小提袋,似乎很轻,带的东西不多。但谁也没料到她这是离家而去的,而且是跟着慈姑佬走的。

黄昏时分,一片苍茫,恒村的灯火才刚刚亮起来,在恒河边忙了半天的恒村人,看着慈姑佬走上了大木船,正准备回村。这时,只见春燕肩挂一个小提袋,脚步匆匆地冲向大木船,并招手喊道:"慈姑佬,等等我呀,等等我……"

恒村人都停下来,目睹面前令人惊讶的一幕。

春燕上了大木船,大木船立刻就响起柴油机的隆隆声,随即离开了河岸,朝着上游越走越远,一会儿,就隐没在浓浓的暮色里了。

后来有人说,春燕走上大木船时,发现她眼睛里闪着亮亮的泪花。从此之后,恒村人再也见不到春燕的身影了。

第二年慈姑收获之后,恒村人都在等啊盼啊,常常一整天到恒河边去看,望眼欲穿,直到全村人的慈姑烂在家里,也没见到慈姑佬再来。几个妇人这时忽然想起去年春燕说的那句话:"总有一天,你们会遭报应的……"

殊途同归

一

　　我们谁也想不到，杀猪佬十二叔的结局会如此惨烈。很长一段时间里，乡里很多人都在谈论这件不可思议的事。

　　杀猪佬十二叔是我杨姓家族的人，我从小就跟家人叫他十二叔，其他所有人也都叫他十二叔，到底他的真名叫什么，几乎没几个人知道。从小到大，在我的眼里，十二叔就是一副苍老的形象，仿佛他一出生就是这样子。一年四季，他都穿着一身褪了色的粗布黑色唐装，夏天，显得臃肿；冬天，显得单薄。天冷时，还见他戴一顶圆形尖顶的黑纱帽。日月星辰转换几十年，但十二叔这一身着装从来没有改变过。

　　小时候，我曾听到杀猪佬十二叔在跟人聊天时说，猪其实并不笨，逼急了它，它也会攻击人，甚至联合起来为即将被杀的猪解围。有一次，人民公社的食品公司曾请他去帮忙宰杀几头猪，他和几个大汉跳入猪栏，先用铁钩钩住一头猪的下巴往外拉，没想到栏里其他十几头大猪见状，一个个张着大嘴嗷嗷叫喊着向他们逼过来，欲救其同伴。几个大汉吓得不轻，慌忙扔下铁钩，跨栏而逃，一个个跑得比刘翔还快。十二叔说，他跑得慢一步，一头大猪张口就朝他的小腿咬过来，好在他闪得快，只是被猪的獠牙撕破了裤脚。

十二叔是我老家周围几个村子很有名的屠夫。家乡人说的是土话，叫杀猪师傅不叫屠夫，叫杀猪佬。杀猪佬并非专业杀猪，杀猪只是他的一门副业，平常日子，他与村里其他人一样，春耕时该犁田就犁田，秋收时该割禾就割禾，遇到三、六、九逢圩，有人请他去杀猪，他才杀猪。杀了猪，还要与主人一起到圩市的猪肉行帮忙吆喝卖肉，还给主人帮忙与客人讨价还价，主人只管收钱就好。这一天，主人管吃早午晚三餐，晚饭后，杀猪佬要回家了，主人还得送上一笔辛苦费。三十多年前，给个三四元就行了。有的人家还送上一块一斤多的猪肉。辛苦费给多给少，全随主人，杀猪佬在这方面是完全不介意的，就是一分不给，他也不会问，乡里乡亲的，天天见面，只当帮个忙吧。主人递上辛苦费时，杀猪佬往往满脸微笑着，一边说着客套话"得了得了"，一边笑纳。

二

记得小时候，家里养了一年的猪，大了，要杀掉换钱，父亲便提前一个圩日通知十二叔，因为十二叔一个圩日只能帮人杀一头猪，要提前跟他预约好，不然别人家预约好了，就要等到再下一个圩日。杀猪的前一晚，我们家几个小孩子都欢天喜地，特别高兴，仿佛就要过节似的，因为那个年代家里很贫穷，一年也没能吃上几顿有肉的饭菜，天天都是青菜、萝卜、咸菜，或者红薯、芋头，家里杀猪了，可以狠狠地吃一天猪肉，吃个够。这个时候，母亲满脸都是幸福的神色。晚饭后，她不停地为第二天杀猪的事忙里忙外，早早地把平常熬猪潲的大铁锅刷洗得干干净净，再连续去村头池塘边的水井挑回几担清水，倒进锅里，好在第二天清晨杀猪前把水烧开，用来烫猪毛。

十二叔往往是在天亮前的四五点钟到家里来，此时天还没有一点亮光。他背着一只已经看不出什么颜色的藤条篮，篮里装着杀猪的整套工具，有汤刀、刮刀、剖刀、铁钩（有长钩和挂钩）、锤子、围布、袖套、磨刀石等。汤刀似柳叶，长而尖，专用来捅猪脖颈放血；刮刀用来刮猪毛；剖刀用来把猪开膛破肚，再从腰部中间开边；长铁钩用来钩住猪下巴，把它从栏里拖出来；挂钩用来把刮干净毛的猪倒挂起来，以便开边；锤子用来开边时轻捶刀背；围布则在杀猪时围在前身，不使猪血和其他污水弄脏衣服。

要对付一头两三百斤重的大肥猪，最少需要四个年轻力壮的大汉子，如果家里缺少这方面的助手，还得在前一天请好邻里帮忙。一切准备好了，十二叔先拿起长铁钩，走入猪栏，其他人跟在后面，随时听从十二叔指挥。此时天还是漆黑一团，有人帮忙打手电筒。

电筒的光柱在猪栏里晃来晃去。猪此时本来睡得正香甜，忽然被惊醒过来，看见这么多人，立刻摇晃着肥大的身体站起来，好奇地看着来人，并不明白它已活到尽头了。

十二叔慢慢地把长铁钩伸到猪下巴，试探了三四次，突然猛地往后一拉，一下子就钩住猪的下巴。猪拼命摇着脑袋，一边号叫，一边往后挣扎。十二叔双手用力地紧紧拉住铁钩，身子往后倾着与大猪较劲,其他人立即七手八脚冲上去,有人抓猪尾巴,有人抓猪耳朵,有人帮忙一起拉铁钩。猪张着大嘴,拼命地、声嘶力竭地叫喊,同时不断地摇晃脑袋做无用的挣扎。

到了外面,几个人嘴里喊着"一、二、三",把猪悬空抬起来,侧翻身,再把猪横放在早准备好的长凳上,由一人跨开双腿骑坐住长凳,双手用力按住猪肚子,其他人依旧抓尾巴的抓尾巴,抓耳朵的抓耳朵。猪肯定感到大祸来临,沙哑而尖厉地喊叫着,四只蹄子在空中拼命地蹬来蹬去,叫声划破了黎明前寂静的黑夜。

十二叔把长铁钩交另一个人拉住,并紧张地嘱咐:"拉紧,拉紧,一定不要放松。"然后,他拿过汤刀,把刀背放入嘴里,用牙咬住,腾出双手在猪脖颈下找下刀的位置,看准了,再次又对众人说,"大家注意好,来了来了。"一边说,一边把汤刀从嘴上拿下来,把刀尖对准猪脖颈下面,在猪的号叫声中,用力一捅,一尺长的刀子全捅进了猪脖颈,只露出木柄刀把儿。猪的号叫随即伴着咕嘟咕嘟的声音(那是全身的血在往喉管里涌动),四只悬空的蹄子也在紧密地抽搐,且尽力往外伸张。

接着,十二叔把汤刀往外一拉,那冒着热腥气的猪血哗的一声,如汹涌的泉水似的,从捅开的口子里呼呼地喷涌而出。地上早准备好了一个放有一些粗盐的木盆,用来接猪血。猪血做成猪红,够一家人吃两天。

放血过程只有几秒钟,随着猪的号叫声渐渐微弱,四只蹄子的挣扎慢慢无力,刀口再流不出血来。众人又一齐把软耷耷的猪放下地,嘴里直喘大气。

而十二叔却来不及喘上一口粗气，第一时间就去舀几瓢清水，高高地举过前额，再让瓢里的清水如瀑布似的直冲而下，这叫冲猪红。不然时间久了，猪血就凝固了，冲不成猪红。猪红的质量和味道，老了或嫩了，都与用清水冲猪红有关，这技术活谁也做不来，只有十二叔最能把握分寸。

杀了猪，十二叔还要与家人一起到镇上猪肉行帮忙卖猪肉。十二叔杀猪在老家一带名声很大，大家都认为他杀的猪的猪肉好吃，到中午十一二点钟，就陆陆续续有沾亲带故的与相识的人专门到他的摊前买猪肉，这些人大多数是一些常见面的五哥六叔、七姑八嫂、九表叔十叔公。十二叔坐在肉摊旁，一见来人，立刻站起来，主动跟对方打招呼，然后，一边跟对方拉家常，一边左手拿过磨刀石，右手拿过割肉刀，把刀口放磨刀石上不断地擦磨，发出"嚓嚓嚓"声，问好对方割多少，割哪边，然后一刀下去，生意就在东扯西拉中做成了。往往是到了下午四五点钟，十二叔就把猪肉卖完了，而别的肉摊还有大半头的猪肉。

三

杀猪佬十二叔杀了大半辈子的猪，杀猪无数，但杀猪攒不了几个钱，家景还是与其他人家一样，没有大的变化。只是他凭着这门杀猪的手艺，日子还算过得稍稍滋润，那就是，一年四季都常有人请他去杀猪，他也常常像梁山好汉那样在别人家"大块吃肉，大碗喝酒"，又能攒上几个辛苦费，有时还可以给家人带回来一块别人送的猪肉。

那时的政策是"交一宰一",就是乡下养猪的人,交一头猪给国家,自己才可以杀一头猪。到了20世纪80年代中期,政策宽松了,取消了"交一宰一",养猪的人,养一头杀一头,养两头杀一双。这个时候,杀猪佬十二叔杀猪的机会反而少了,已经很少有人请他去杀猪了。那是因为这个时候一下子冒出了很多以专业杀猪为生的猪贩子,而且很多都是年轻人。这些猪贩子每天都去村里收生猪,收了生猪,同时又杀猪,杀了猪,自己拿到市场零售。养猪的人家,都很乐意把生猪卖给猪贩子,因为自己杀猪再拿到市场上卖,还要交税费、摊位费、检验费、管理费,乱七八糟的费一大堆,还要给杀猪佬辛苦费,再就是请左邻右舍帮忙的人吃上一天猪肉。算算这一大笔开销,自己杀一头猪真的划不来,还不如卖生猪给猪贩子,一手交货一手收钱,多么省事,想吃肉,到市场买两三斤就是了。

其实十二叔也可以做猪贩子的,自己收猪,自己杀猪,自己卖猪肉,只是十二叔一辈子是个安分守己、遵纪守法的老实人,猪贩子那套做法他不甘心去做,其实他也清楚猪贩子是怎么做的。猪贩子杀两头猪,只在肉台上面摆一头猪的肉,把另一头猪的肉藏在肉台下面或别的地方,收税、收管理费等人员看到台上面只有一头猪的肉,他们只收一头猪的税,一头猪的管理费,一头猪的摊位费,这些部门的人来猪肉行一趟,收过后就很少来了。猪贩子卖掉台面上的一只猪蹄髈,就把藏好的另一只猪蹄髈拿出来摆在台面上;卖掉台面上的小半边后腿肉,就把藏好的另一小半边后腿肉拿出来摆到台面上；卖掉台面上的一只猪头，就把藏好的另一只猪头拿来摆在台面上。卖了大半天，台面上摆的依然还是一头猪的肉。卖一次肉，各种逃掉的费用与卖肉的收入相当可观。这样做，当然要冒一定的风险，这样的风险，十二叔不敢冒，也不愿意冒。他说，攒钱就正正当当地去攒，光明正大地去攒，他绝不攒不正当的钱。

十二叔的儿子已经娶了媳妇。儿子对杀猪这门手艺没兴趣，更不愿意继承父业，天天带着媳妇到山里护理果园。而十二叔也没打算让儿子去继承这门手艺。

没人请杀猪，十二叔总觉得手心在发痒。藤篮里的刀具久不沾一回血腥味，都开始生锈了。十二叔担心用了几十年的刀具锈烂掉，便常常坐在家门前磨刀具，一磨就是好几个钟头，最后一盆清水都变成了红色。只是磨快了刀具，却无用武之地。

有人经过，看见十二叔在磨刀，跟他打招呼："十二叔，有人请杀猪了？"

十二叔头也不抬，闷声回答："快了，快了。"

刀具磨一遍，重新放入藤篮，放在堂屋。

闲置的刀具磨了一遍又一遍，但始终不见有人来请他去杀猪。

每当圩日的前一天，十二叔便坐在家里，不管有啥事也不出门。儿子叫他牵牛到山上放，他懒懒地回答："不用放，割一捆红薯藤给它吃就行了。"叫他去商店买一瓶酱油，他也懒得去，他回答："少一天不吃酱油也死不了。"

儿子说："现在不是以前了，你还以为有人来请你去杀猪？

你在家里坐一年也没人来请你了。"

但十二叔依然坐等下去，他相信还会有人来请他，他不能因为去忙别的事而失去机会。

后来，我们常见到十二叔在村里村外转来转去，无所事事，如孤独的幽灵在四处飘荡。他偶尔看到有人在喂猪，就凑近猪栏往里瞧，夸赞人家："大婶子，你这猪够肥啊，起码有三百斤重。"别人听到他的夸赞，当然是笑眯眯的，跟他搭讪。他又说："杀了肯定有两百多斤肉。"别人说："有这么多呀？"他说："肯定有，等你再攻肥一些，你去叫我。"别人爽快地答应："好的，好的。"十二叔似乎看到了希望，手心在作痒。

之后，十二叔有事没事就到那户人家附近溜达溜达，看到人家又喂猪了，他又迫不及待地凑过去问："大婶子，杀了吗？杀了吗？"别人的脸色一下挂了下来，却不作声，对他爱理不理，继续忙自己的活，倒猪潲，铲猪屎，扫猪栏，还一边骂猪："快走快走，那边去，不然我就扫到你身上去。"十二叔听了，心领神会，灰溜溜地走了。

后来，别人喂猪时，远远看见十二叔的身影，就立刻躲进家里去。其实人家并不想自己杀猪，只想卖给猪贩子。

农历七月十五，鬼节，儿子叫十二叔杀一只鸡，准备煮熟了拜神。十二叔立刻精神百倍，他从藤条篮里翻出久置不用的那把一尺多长的汤刀，把鸡抓过来，先用一只脚踩住鸡的双爪，然后左手捏住鸡的脑袋，右手攥紧汤刀，在鸡的悲鸣声中，他将汤刀从鸡的喉管捅进去。因用力过猛，汤刀从鸡前胸直捅到鸡背面，一只活鸡被生生地开膛破肚。

儿子说:"这是杀鸡,不是杀猪。"

十二叔却说:"杀鸡不如杀猪痛快。"

四

十二叔家里养有三头大猪,每头都有两三百斤重,猪潲都是由儿媳妇摘的、煮的、喂的。按儿子的话说,可以出栏了,而按十二叔的话说,可以杀了。其中有一头猪的毛长得特别粗硬,摸上去像一根根钢针,嘴又尖,性子特别凶,喜欢打架,儿媳妇喂猪潲稍晚半个小时,这头猪就常常拿另两头猪出气,在栏里把那两头猪撵来撵去,咬得两头猪遍体鳞伤。儿子说这头猪性子有些像野猪,十二叔说这头猪性子像老虎,还说这么凶的猪,要是它饿极了,人都敢吃。

十二叔给这头性子凶的猪取了个名叫"老虎"。有时听到老虎在栏里打架,他就进去大声对老虎喝骂:"你再不老实,老子先拿你开刀!"老虎被骂急了,瞪起双眼,居然还敢向他亮一亮獠牙,嗷嗷两声,示凶。十二叔当即抄起铲子把,狠狠地给了老虎一下。

老虎是会记仇的。有一天,十二叔进猪栏铲猪粪,见老虎站着不动,用铲子碰了它一下,想不到老虎忽然发疯似的,一头向他撞过来,猪嘴巴顺势一拱,一下子把十二叔拱了个四脚朝天,弄得他脸上、衣服上全是猪屎。十二叔气得鼻孔里冒出两股青烟,指着老虎大骂:"总有一天我要把你碎尸万段!"

因为这三头猪,十二叔几乎与儿子闹翻了脸。儿子主张卖,卖生猪给猪贩子,这样可以省去一大笔卖肉的摊位费、税费、检验费、卫生费、管理费等费用。十二叔主张杀,因为他很久没杀过猪了,就是多交几百块的这费那费,他也要杀杀猪。他太喜欢听到猪被杀时那一种声嘶力竭的叫喊了,太喜欢看到猪血被他用汤刀捅开的口子喷涌的那一种快感了,那是一种花钱都买不到的快感。别人不再请他去杀猪,自己的儿子也不让他杀自己的猪,他是一万个不能让步。在十二叔看来,猪养来就是要杀的。

父子俩便常常为"卖"与"杀"而闹得脸红脖子粗,各不相让。每每吵得最凶时,就常有一个人走来劝架。这人的真名略而不表,因为他说话喜欢吹牛,村里人就送他一个外号,叫"牛皮"。他本人也默认此外号,似乎不恼,在路上偶遇时,别人叫他:"牛皮,来抽烟。"牛皮笑眯眯地伸手接烟,还连声道谢呢。

牛皮与十二叔是从小到大的玩伴,少年时,两人常在一块儿放牛,下河摸鱼,上树掏鸟窝。如今上了年岁了,两人还时常在一块儿闲聊、喝酒。村里有一家小店铺,两人没事时,就常聚在店门前的石板桌旁喝酒吹牛。一碟炒花生米,一瓶三花酒,二人可以喝上大半天,甚至有时从早上喝到天黑。十二叔有几次喝多了,回家时,到了半路就醉倒在路边的草丛,并吐得一塌糊涂。儿子和媳妇打着手电筒找来,费了好大的劲才把他抬回家里。

这天,十二叔又在店门前与牛皮喝酒,忽然听到远远的猪叫声,仔细听听,觉得是从他家那边传来的,感到有些不妙,便立刻起身往家走。原来是来了猪贩子,儿子和媳妇要把那只老虎卖掉,正在把猪装进猪笼里。已经磅完了两头猪,最后装老虎,只是老虎太凶,在栏里蹿来蹿去,几个人费了大半天劲才终于把它装进笼里。这是一个篾片做的猪笼。岂知老虎发了狂,獠牙一咬,身子一撑,猪笼就散了架。几个人手忙脚乱地赶紧把它按住,找来棕绳,把老虎的四脚牢牢捆绑起来。

这时,十二叔回来了,双脚跨开,站在路口。儿子看到十二叔黑着一副脸色,心里直打鼓,好一会儿才说:"爸,卖了吧?省得你费那么多功夫去杀去卖。"

十二叔却说:"我喜欢费这么大的功夫。"儿子继续劝说:"算了吧,人家钱都给了,让人家把猪赶走吧。"

十二叔转身进屋,一会儿又出来,手里拿着那把一尺多长的汤刀,满脸怒色地守在出村的路口,气狠狠地说:"谁敢把猪赶出这条路,我就放谁的血!"

儿子慌了手脚,忙走到十二叔跟前,好说歹说地做十二叔的思想工作。最后儿子听从十二叔的意见,只卖掉其中两头,留下那头老虎,任由十二叔到几时杀就几时杀。十二叔这才让开路口,由猪贩子赶走那两头猪。

五

这天,儿子跟儿媳妇回娘家,说是帮娘家上山收柿子,三天后才回来。儿媳妇对十二叔说:"爸,我不在家,就辛苦你来喂猪了。"十二叔说:"你们放心去吧,等你们回来就把它杀了。"

这头被儿子留下不卖的老虎依然很凶,十二叔给它喂猪潲时,稍倒得慢一些,它就把嘴巴猛地拱过来,把桶里的猪潲拱得四散飞溅,溅起的潲水糊了十二叔满脸。十二叔气得指着它叫骂:"横吧,看你凶到几时,三天后就把你碎尸万段。"

第三天早晨,十二叔熬了一窝猪潲后,看看还没到喂猪的时辰,就无所事事地到村里溜达,遇到牛皮。牛皮对他说:"昨天晚上我做了一个梦,梦见我当县长了,跟我老爸当过的官一样大。"

十二叔说:"去你的,你老爸当过县长?"

牛皮说:"他也是梦见的。"

两人嘻嘻哈哈笑了一阵,又一块儿来到小店铺门前喝酒。牛皮喜欢吹牛,十二叔偏喜欢听他吹。一瓶三花酒,一碟炒花生米,二人嘻嘻哈哈直喝到中午。牛皮正在吹得兴起,不想这时他老舅来了,牛皮立刻去买了两斤卤猪耳,拉十二叔到他家继续喝。十二叔记起今天还没喂猪,牛皮却说:"明天就杀了,迟一些喂也瘦不了多少。"

这天,直到太阳落山,十二叔才走出了牛皮的家门,醉醺醺的,一路趔趔趄趄往家走。他不记得从早到晚,自己到底喝了多少杯酒,也不记得牛皮到底几次出去买了多少瓶酒,添了多少斤卤猪耳,他只记得明天他又有猪杀了,又能听到被杀的猪声嘶力竭的号叫了,又能看到猪血从他用汤刀捅开的口子喷涌而出而获得的那一种快感了,所以,今天他特别开心。

十二叔一边东倒西歪往家走,一边大声地自说自话:"杀猪啰,明天杀猪啰,明天我又有猪杀了,哈哈哈……哈哈哈……"鬼怪似的笑声在暮色蒙蒙的黄昏中荡漾。

还未到家,十二叔远远就听到家那边传来猪的号叫声,他听得出就是明天要杀的那头老虎在饿得号叫。他骂道:"叫什么叫!我马上就要到家了,给你喂一顿最后的晚餐。"

十二叔走进大门,到了堂屋,这时一阵酒劲直涌上来,张口就开始呕吐。他吐了一阵子,双脚摇摇摆摆,再也支撑不住,便一头倒在地上,脸上、脖子上、头发上、衣服上全沾满了呕吐出来的散发着酒臭的秽物。他浑身无力地爬了爬,起不来,很快就呼呼噜噜地睡过去了。

那头一天没有进食饿极了的老虎在栏里又叫又跳,看看天色慢慢暗了下来,还是等不到有人来喂潲。它再也等不及,发了狂,身子往上一跃,跳出了猪栏。

猪栏在屋的后门,后门直通猪栏。老虎跳出猪栏后,立即闻到一股酒糟味,这是它以往吃过的并特别喜欢的味道。老虎咂着嘴巴,循着酒糟味往前走,进了后门,直入堂屋,终于发现了发着酒糟气味的那些秽物。老虎往秽物一头扑上去,张开大嘴就咂咂咂地吃了起来。

十二叔正呼呼大睡,忽然被一阵咂咂声惊醒,睁眼一看,看到一张猪嘴在他的鼻子前移动,吓了一跳,然后抬起右手,用力推了猪嘴一下。老虎吃那秽物吃得正欢,被十二叔一推,以为不让它吃,加之饿得正慌,突然发恶,张开大嘴一口咬过来,正咬在十二叔的脖子上。十二叔痛得惨叫一声,打了个滚,正好碰在摆在地上放刀具的藤篮。他顺手就把汤刀抓在手里,咬牙切齿,朝着眼前的老虎狠狠地捅了过去，手势依然是那样熟练，不偏不倚，正捅在他以往捅得得心应手的猪脖颈下，接着又迅速将汤刀往外一拉，一股殷红的、滚烫的血柱随之喷涌而出。十二叔趴在地上哈哈大笑，开心地叫道："痛快，痛快，很久没有这么痛快了……"那老虎嘶哑着号叫一声，在流尽最后一滴血的那一刻，张开大嘴一口又咬了过来……

　　堂屋里惨烈的一幕是第二天中午十二叔的儿子和儿媳妇回来时才被发现的。不可思议的是，已经没有气息的老虎仍然做攻击状站立着，两颗锋利的獠牙还在深深地刺入十二叔的喉咙，而人与老虎都已经流尽了最后一滴血……

清明枝

一

贺宝的心情特别好。明天，清明节，清明枝，灵子，所有这些字符从昨晚开始一直萦绕在贺宝的头脑里，几乎使得贺宝兴奋得一夜难眠。清早，太阳刚爬上恒山顶空，贺宝就手舞足蹈地走出家门，呼吸着恒村带有塘泥味的清新空气，看着恒村那些写满岁月沧桑的老瓦房，望着那些散布在村前村后的老桂花树，以及恒村上空那些静静的云朵。贺宝赏心悦目，为自己能天天看到这么使人舒心的景致而高兴，也为自己没有离开恒村去城里打工而感到快乐。

才不到七点，去池塘对面的竹叶林还早，灵子要到十点钟左右才会出现在池塘边洗衣服。贺宝于是想找个人下三棋，他心情好的时候往往无所事事，就想找个人跟他一起下三棋。二十一年前，恒村喜欢下三棋的人很多，那个时候，恒村去城里打工的只有两三个人，找个下三棋的人并不难。那时贺宝才八九岁，对下三棋着迷到几乎走火入魔。那时，他与恒村的一大帮人喜欢到生产队的地堂坪下三棋，地堂坪是用灰沙打成的，禾稻熟时，是晒谷子的专用场地，没谷子晒了，就天天空置着，成了孩子们玩耍的好去处。他们走进地堂坪,随地而坐,连三棋棋盘都不用画,因为当初用灰沙打地堂坪时,在灰沙七八分干时,有爱好三棋的大人用木槌捶实灰沙时,趁机在地堂坪上用碎瓷片"画"好了棋盘。这些碎瓷片都是在水竹根下、大树根下捡来的烂碗、烂酒杯、烂茶壶打碎制成的。先用白色的碎瓷片在半干的灰沙上摆成棋盘,然后用木槌把碎瓷片捶下去,镶入灰沙内,灰沙完全干透后,棋盘就永远地留在地堂坪上了,雨淋不散,日晒不掉。地堂坪上不止有三棋,还有"老虎棋""裤裆棋"呢。不论大人还是小孩,有空时来到地堂坪,想下什么棋就下什么棋。恒村以及恒村附近村子的人都喜欢下先人们留传下来的这几种棋。很多时候,地堂坪上已落下灰蒙蒙的暮色了,贺宝还在与对手"三呀""三呀"地喊,难分胜负,他父亲在家门口叫了好几遍"阿宝,回来吃晚饭了",他都充耳不闻,直到父亲找到这里,用手指捏住他的一只耳朵,才硬生生地把他拉回家去。而如今,恒村很多人都去了城里,去了城里后就很少回村了,留下来的大多是老人与孩子,像贺宝这样大的人,已经不多。所以贺宝想找个下三棋的人真不容易,而那些半大不小的人,似乎对这种老古董游戏没多少兴趣。其实,也没几个人懂下三棋了。

贺宝进村找人下三棋。贺宝经过每一家的大门口,都要特别留意地抬头看看那家的门头两边,以及那家的窗口两边,连那家的牛栏、猪栏的门窗他都伸长脖颈看看。贺宝想看的是上一年插上去的清明枝是不是还在,当然,贺宝看到某家门头上插的清明枝还在,虽然早已经干枯了,有的叶子还掉光了,只剩一条细细的干细枝，但就是干枯了，人家也是不会取下来扔掉的，而是要等到下一年新的清明枝插上去后，才取下来。新插上去的清明枝是翠绿翠绿的，看上去给人一种气象清新的感觉，还有吉祥如意的气氛。

清明枝是每一年的清明节都要插的，插在家里朝外的门头两边，窗口两边也各插一枝，牛栏、猪栏的门窗上也要各插一枝。清明枝是在清明节的清晨时分，到村边的树林里采回来的，刚采回来的清明枝还沾着露水，显得更是青绿。清明这天去树林采清明枝的大多是孩子，天才蒙蒙亮，村里村外的小路就响起孩子们奔跑时踢踢踏踏的脚步声，以及叽叽喳喳的嬉笑声。孩子们都怕去迟了采不到清明枝，担心被别的人采完了，争先恐后朝树林里跑去。清明树长在树林里，夹生在别的树木之间，一些别家的篱笆也时有出现。清明树都是野生的，只有一丈来高，最大的树干也就锄头柄样粗，树枝细细的，叶子如拇指般大。十一二岁的孩子双手抱住树干，往上爬一爬，攀住其中一枝，下面的人配合着，往下一拉，绿油油的树梢头就弯下来了，然后用手将筷子大小的枝条，一枝一枝折断下来，便是散发着绿叶清香的清明枝。

清明树的生命力特别强，年年都被孩子们折光了枝梢，年年还会再长起来，永远折不完。贺宝很小的时候，就开始跟着两个姐姐在清明这天去树林采清明枝了。那时，两个姐姐，一个十二岁，一个十岁，他七岁。他手里拿着母亲刚刚做好的一个温热的艾叶粑粑，一边吃，一边跟在两个姐姐后面往树林里跑，身边跟着跑的还有家里的大狗。大狗张着大嘴，一边跑，一边不时地看看贺宝手里油亮发光的艾叶粑粑。贺宝忽然被脚下一条鸡屎藤绊倒了,跌了个狗吃屎,手里的艾叶粑粑也抛到一边去,大狗趁机一蹿,迅速把艾叶粑粑抢在嘴里。他急忙爬起来,一手揪住大狗的头皮,一手从大狗的嘴里夺艾叶粑粑,但大狗不肯张嘴。两个姐姐都停下脚步,一边笑着,一边叫道:"弟,不要了,让它吃算了。"但他不肯,最后还是从大狗嘴里抢回半个还来不及吞下的粑粑。大姐走过来,从他手里抢过那半个艾叶粑粑,丢给大狗,说:"狗吃过了,不要了,家里还有很多。"

  姐姐们每次采下清明枝后返回的路上,经过别人家果园的篱笆旁,发现用细竹子做的篱笆上开了许多红艳艳的蔷薇花,都会停下来,放下清明枝,去摘篱笆上面的蔷薇花。蔷薇花野生,藤蔓与叶子墨绿墨绿的,但有刺,所以摘蔷薇花得很小心,不然,一不留意,就会刺破手指头。大狗以为姐姐们抓老鼠,自告奋勇上去帮忙,在篱笆缝下窜来窜去,虚张声势地汪汪乱叫。姐姐们摘了几朵蔷薇花后,就一边蹦蹦跳跳唱着歌,一边回家去了。贺宝童年时代最美好最快乐的回忆,就是清明节早晨跟姐姐们去采清明枝,以及吃母亲做的清香清香的艾叶粑粑。如今,两个姐姐都嫁到远处去了,母亲也去了天国,只剩下年老多病的父亲与他相依为命。

二

  贺宝走过了三户人家的家门口。他刚走到一条巷口时,忽然从巷口里走出一个女人，一只手里的花手绢包着几个奶白色的油甘果，一边用手指轻轻地捏着一个放嘴边咬，一边满脸是笑地看着贺宝，嗲声嗲气地问道："宝哥哥，一大早的，去哪里呀？"

贺宝用眼角斜她一眼，继续往前走，头也不回地说："走一走，不去哪里。"

女人把油甘果往贺宝面前递过来，说："给你。"

贺宝一边走，一边说："不要。"

那女人又说："宝哥哥，你过来呀，我要跟你说说话，我有两天不见你了哦。"

贺宝不想理她，脸上的神情显得淡淡的。这女人名叫娇娘，一天到晚无事干，总喜欢打扮自己，上午换一套新衣服，下午换一套新衣服，到了晚上又换一套新衣服。脚上穿的皮鞋，一天也要擦好几次鞋油。她男人去了城里，听说是个工头，很有钱。本来她也跟着男人去了城里，但只住了不到三个月，她男人嫌她在身边碍手碍脚，千方百计哄她回了村。独守空房，耐不了寂寞，娇娘在恒村跟两个六十多岁的男人好上了。娇娘常在贺宝面前卖乖，见了贺宝的身影就嗲声嗲气，开口就是"宝哥哥"，但不知为什么，贺宝就是对她淡淡的，爱理不理。其实娇娘不知道，那是贺宝发现她与两个男人好上了才不想理她的，如果是单单跟他一个人好，说不定贺宝也是愿意的。娇娘男人似乎也看得开，听闻她在村里跟别的男人好上了却装聋作哑，过年时回村住几天，装着什么事也没有。有人还看到娇娘男人竟然还请跟娇娘好上的两个男人一起喝酒，三个人还猜起码：

"又来过呀一枝枝。"

"又来过呀四季发。"

"又来过呀九重九。"

娇娘年纪跟贺宝相差很近,她对贺宝虎视眈眈,只是贺宝不理她。

娇娘跟着贺宝走了几步,说:"宝哥哥,到底去哪呀?去哪呀?宝哥哥,我陪你走一走好吗?"看到贺宝在一个人家的大门前停下脚步,抬头往门上看,她就说,"丽娟姐不在家了,她上个月去城里打工了,你还想找她呀?人家都去城里了,找她不如找我哩。"她并不知道贺宝看的是大门头上的干枯的清明枝。贺宝又在一家大门前停下来,娇娘又说:"春玲婶也去城里了,你找她干吗呀?你是不是想她哦?"贺宝依然不理她,神情还是淡淡的,继续走他的路。娇娘跟上来,看到贺宝又在一家大门前停住脚步,往门上看,她又说:"水英嫂前几天跟她男人打工去了,你还找她呀,别找了,村里除了老太婆小孩子,你再也找不到一个像我这样年轻的女人了。"

贺宝终于开了口,他似乎很不高兴地看着娇娘,说:"我说你烦不烦,净胡说八道。你别跟着我了,人家看见了,还以为我带你去哪里。"

娇娘听了,倒是不恼,依然嘻嘻哈哈地笑着说:"是吗?"接着又说了一句,"怕啥?就怕你不敢带我。"

贺宝加快脚步,将娇娘远远地甩到后面。忽然娇娘在背后说了一句:"呀!我忘了,村里不止我一个年轻女人,还有灵子,还有仙女一样的灵子。"贺宝终于把她甩掉了。他没有理会娇娘最后这句话。

贺宝走进盘小苗家的大门。盘小苗正独自一人坐在客厅里看电视,看的是《大战外星人》,正看得兴致勃勃。盘小苗是个五年级学生,看到贺宝进来,以为贺宝是来跟他一起看电视的,于是一边看电视,一边把身边的一张凳子用手挪到贺宝的脚边,不作一声。贺宝却没坐,眼睛看着电视,站了大约两分钟,猜想这《大战外星人》一时不会放完,于是说道:"小苗,去下三棋,去吗?"

盘小苗专注着看电视,一时没听清,扭头瞥了一眼贺宝,说:"什么?"

贺宝又说了一遍:"下三棋。"

盘小苗仍然没有听清楚,面向电视,问:"什么?什么旗?"

贺宝转身走了出去。贺宝不喜欢看电视,他不明白现在的人这么喜欢看电视,从外面回到家似乎就是为了看电视,没其他事做了。他总觉得还是他这一代人小时候会玩,玩的花样比现在的孩子玩的游戏丰富得多。那时他们会玩许多游戏,比如跳绳、打纸角,一年四季轮流玩,如今,这些游戏再也没有人会玩了,也没人有兴趣玩了。

一会儿,贺宝又走进盘清家的大门,看到十二岁的盘清坐在电脑前打游戏,玩的是《暴力摩托》。只见两部摩托车你追我赶,盘清操控的那部摩托车风驰电掣,很快追上了前面那部,当两部摩托车并驰时,盘清忽然操控车手飞起一脚,把另一部踢得摔到路边的壕沟里去了。盘清手舞足蹈,哈哈大笑。贺宝站在背后看了一会儿,却没笑。等盘清笑够了,贺宝才问道:"和你去下三棋,去不去?"

盘清正玩得起劲,说:"那有什么好玩?不去。"

贺宝说:"老虎棋?"

盘清说:"不去。"

贺宝又说:"裤裆棋?"

盘清说:"不去。"

贺宝走了出去。接下来他一连问过五个回家过周末的学生,无一人愿意出去跟他下三棋,甚至有的人连三棋、老虎棋、裤裆棋是什么都不知道,也没听说过。贺宝心里很纠结。他闷闷不乐地往回走,经过一棵桂花树下时,看到盘子蹲在地上,低着脑袋,放蚂蚁打群架。方法是,盘子抓来一只青翅膀的小蝗虫,掐死后撕成两段,一段放在一个蚂蚁窝外,一段放在附近的另一个蚂蚁窝外,一会儿,两个蚂蚁窝分别就有成千只蚂蚁爬出窝来,如千军万马,排山倒海似的。这一窝蚂蚁将半段死蝗虫往自己窝里拖,另一窝蚂蚁也将半段死蝗虫往自己窝里拖。这时候,盘子手拿一条细草秆,先把一段被拖动的死蝗虫连同蚂蚁,一起扒拉到两个蚂蚁窝的缓冲地带,接着又把另一段被拖动的死蝗虫连同蚂蚁,再扒拉到缓冲地带。他把两窝蚂蚁混在一起,然后将其中一段死蝗虫拿走,丢到远远的地方,只留下另一段死蝗虫。如此一来,两个窝的蚂蚁都来抢这段死蝗虫,我往我的窝那边拖,你往你的窝那边拖,双方抢得激烈,争得恼火,就互相厮杀起来,杀得天昏地暗,尸横遍野。盘子看得大笑。贺宝走近盘子,与盘子一起看了一会儿蚂蚁打架，然后说："不好看，去下三棋，去不去？"

盘子头也不抬一下，回答："不去。"

贺宝说："放蚂蚁打架，有什么好看？"

这时，盘子的老爸经过这里，看到盘子放蚂蚁打架，脸色拉了下来，骂道："叫你跟你大哥去城里打工，你不去，怕辛苦，在家闲得看蚂蚁打架，没出息的。"

盘子与贺宝赶紧离开了，盘子看蚂蚁打架不成，只好答应与贺宝下三棋。贺宝提出到盘老五家的地堂坪下，盘子同意。贺宝其实是有他自己的目的的，因为盘老五家的地堂坪在池塘的斜对面，四周的围墙坍塌得如锯齿似的，坐在地堂坪内，可以看得见池塘，也看得见池塘对岸，也就是可以看得见每天在池塘边洗衣服的灵子。这个并不太大的地堂坪年代久远，很多地方的灰沙已被雨水淋坏，看上去像老人脸上的老人斑，低的地方因为常有积水，水干涸后，显出发黑的泥油。只是这个不太大的地堂坪也用碎瓷片镶了一个棋盘，贺宝小时候就常与同伴们在此下棋。三棋的棋盘为正方形，贺宝与盘子在两边坐下，为了便于分辨，贺宝选折断成长约一厘米的荆树条当作棋子，盘子选折断成长约一厘米的香树枝当作棋子。三棋的下法，就是想方设法用自己的棋子堵住对方叫"三"的去路，每一次有机会叫"三"，就杀掉对方一枚棋子，直到对方只剩下两枚棋子，无法叫"三"，就算输棋。

贺宝今天的三棋下得很臭，下了三盘，输了三盘。其实往时贺宝下三棋是非常棒的，曾经他一个人与恒村十六个人举行过三棋车轮战，十六个人都败在他手下，他是恒村一带赫赫有名的三棋王。

今天下得这么臭,连盘子都觉得不可思议。盘子发现,贺宝下棋时,似乎有些心不在焉,不时忘了放棋子,还扭过头,从崩坍的围墙缺口往外望去。盘子心里疑惑,围墙外是池塘,池塘里除了浮着一些水葫芦,什么也没有,贺宝老是朝那望,到底望什么?

"三。"盘子又有了机会叫了一次"三",放下一枚棋子,堵住了贺宝叫"三"的去路,然后杀掉贺宝的一枚棋子。到贺宝动棋了,而贺宝却毫无反应,他又扭过头去望围墙外的池塘。盘子见他不动棋子,也扭头往池塘望去,却什么也没有看到。盘子伸手扯了扯贺宝的衣袖,说:"到你动了。"贺宝这才转过头来,随手放了一枚棋子,立即又往池塘那边望去。贺宝明明有机会叫"三"的,但却没有叫。

盘子说:"你有'三'叫的,干吗不叫?"

贺宝说:"我让你叫呀。"

"三。"盘子又一次叫"三",连续叫了三次,连杀贺宝三枚棋子,而贺宝依然不急不躁,心不在焉,依旧老是朝池塘那边望去。这次盘子不扯贺宝衣袖了,他挥起手,气狠狠地把手往三棋盘上一扫,将棋盘上双方所有的棋子扫得东飞西散,然后站起来,朝贺宝骂道:"不下了!叫人家下三棋,你自己却不想下,老是往那边望。望,望,望个鬼,去你的!"盘子骂了几句,拔腿就走了。

灵子是在盘子离去后,大约十一分钟时出现在池塘边的,这时,贺宝已来到池塘对面的竹叶林里了。在那里,贺宝能一目了然地看到在池塘边洗衣服的灵子,而灵子却不能看见竹叶林里的贺宝。在灵子从县城中学回村的半年里,贺宝几乎天天都来到这里等待灵子的出现，有时他来得早了，或者灵子出现得比平常晚了，常常使他等得心急如焚，坐立难安，在竹叶林里转来转去，如热锅上的蚂蚁。他明明昨天还看见灵子出现在池塘边洗衣服，还看见灵子去菜园摘莴苣菜的，只隔了一晚，他就担心灵子不再出现了，就如村子里那些刚长大的女孩们，离开村，去了城里，一去不返。等得心切之时，贺宝就想绕过池塘，走进灵子的家去探探虚实，他却没那么大的勇气，拔不动脚。贺宝担心别人看到他无事去接近灵子，说他这个大男人想打小女孩灵子的主意，老牛吃嫩草什么的，而他这个一没多少文墨二没多少家底的"老牛"，根本配不上如桃子初熟的灵子，想吃桃子，也只能在梦里吃吧。贺宝是受不了被人指指点点、戳他脊梁骨的。他只能在这不被人发觉的竹叶林悄悄地看灵子，只要看见灵子出现在池塘边洗衣服，看见灵子家大门前晾挂着她那些花花绿绿的少女的衣裳，他就知道灵子还在村子，灵子没有去城里，他整夜悬在半空中的一颗心便踏实下来了。

　　对于贺宝来说，灵子晾挂在屋门前那些花花绿绿的少女的衣裳，是他眼前一道亮丽的风景线，让他感到他活在恒村是多么的快乐、幸福与美好。有一次，贺宝经过灵子家的门前，前后左右偷偷窥探了一眼，发现四周没有人，迅速瞥了一眼晾挂在竹篙上的那些衣裳，以及灵子那些色彩艳丽的精美的内衣，立刻使得他心跳加剧。从此，他再不敢经过灵子家的门前了，只能躲在池塘这边的竹叶林里，远远地看，悄悄地看，看池塘边在洗衣服的灵子，看灵子晾挂在屋门前的衣裳。

灵子是去年的初秋从县城回到恒村的,据别人说,灵子只差三分就考上大学了,很可惜。没有继续升学的灵子就一直生活在恒村,她不像村里别的女孩一样,不读书了,很快就离开村子,到城里打工去,嫁为人妇,从此很少再回来。灵子很安心地生活在村里,似乎没有去城里的打算。每一天,村里村外都能看到灵子的身影,有时,还会看到她戴上一顶淡黄色的草帽,肩上背一把锄头,到菜园里挖地种菜。傍晚时分,彩霞满天时,还会看到她挑着一担带喷嘴的桶,赤着双脚,卷起裤管,下到菜园边的水沟,挑水淋菜。一担水压在她的肩膀上,她一步一步走上斜坡,白净的脸上流着被晚霞照射得闪亮闪亮的汗珠。有时,灵子带一把镰刀到她家的柑橘园去,割掉园里与柑橘争肥的杂草,或者带一把铁铲,在柑橘树下挖坑,再叫人用拖拉机运来猪粪、复合肥颗粒,给柑橘施肥。有时,灵子还背起一只蓝色的喷雾器,往里面灌上清水,兑上杀虫药,往柑橘树上喷洒。而这些,以往都是灵子父亲一个人做的。

在外面,灵子青春姣好的身影一出现,总会引起周围过往人们的注目,尤其是那些男人,觉得眼前一亮似的,交头接耳,猜测她是谁家的女儿,或者是从哪里来的。因为在寂寥且死气沉沉的乡野,已有许多年看不到灵子这样的女孩了。

从灵子回到恒村那天起,贺宝的心里总是在猜,灵子会去城里打工吗?她会在什么时候去呢?过年时她叔伯来她家,贺宝以为灵子跟她叔伯一起去城里的,但最后贺宝才知道他的担心是多余的。知道叔伯只带灵子的弟弟到城里去读书,贺宝心里的一块石头才落了地。当看到灵子天天下地干活,天天一身的汗水,贺宝心里又猜，灵子不会去城里打工了吧？你看她干起活来那么起劲，那么勤快。

贺宝记不得是哪一年起，每一年的清明节那天清晨，他到树林里采清明枝，都会与灵子相遇，巧的是，灵子跟他采的是同一棵清明树。这棵清明树在树林东北边，与一棵水桶般大的香树挨在一块儿，树干弯弯的，有大人的胳膊一样粗，上面的清树枝翠绿又茂密，因为林深人稀，别人很少到这里采清明枝。树干上有三个拇指大的树疤，那是不知哪一年清明节，有的人来采清明枝，懒得爬树，用镰刀砍掉一枝而留下的疤痕。

灵子每年来采清明枝，都是带她弟弟一起来的，姐弟俩还都是小孩子，而贺宝已经是大人了。贺宝在灵子姐弟俩面前，从来不做那种霸道的事，不像别人凭着大人的优势，把好的清明枝采去，不好的留给他们，而是用力将树梢攀下来，叫他们采，然后把采下的清明枝平均分成两份，让他们先拿一份，他再拿另一份，大家都开心。

有一年的清明节，来了一个霸道的男孩，说这棵清明树是他前一天就看中的，不让灵子姐弟俩采，要赶他们走。双方为此争吵起来，差点要打架，这时，贺宝正好赶到，对那男孩说："照你这么说，这棵清明树在你妈妈还没生下你时，就是我看中的了，那你也别采？"那霸道的男孩听了，哑口无言，灰溜溜地到别的地方找清明树采去了。灵子等那男孩走后，非常感激地看着贺宝说："宝大哥，你真好，你是好人。"这时候的灵子，在贺宝眼里还是个小孩子。去年清明节的清晨，当贺宝又一次在树林里与灵子姐弟俩相遇时，发现灵子似乎一下子长大了，她穿着一身天蓝色的学生服，个子与他一样高，那身材到处洋溢着青春少女的魅力，几乎让他感到她变得陌生起来了，再不是那个娇娇小小的灵子了。当灵子走近他，与他一起采折攀下来的清明枝时，她那少女的芬芳气息让他感到晕眩，使他变得局促起来，说的话也变得零零碎碎。

今年春节过后，贺宝得知灵子的弟弟跟她家的一个叔伯到城里读书去了，他就想到，以后的清明枝，只有灵子一个人去采折了。从那时候起，贺宝就常常想起清明枝，想到清明那天只有他与灵子在树林深处相遇，想到与灵子一起用力去攀下清明树，一起采折清明枝。贺宝越想越兴奋，自个儿狂喜不已，跑到树林去，在那棵清明树下手舞足蹈，又是在地上翻来覆去，又是疯狂地翻筋斗，还一边叫喊着："你们跑吧，都跑城里去吧，我不跑，灵子也不跑，我们在恒村一样过得很好，一样很快乐，我们一起采清明枝呢。"

灵子终于洗完衣服了，走上池塘岸，在她家屋门前，把衣服一件一件晾挂在竹篙上，那一排艳丽的衣服，与村里别家晾挂的就是不一样，格外醒目。贺宝直到看到灵子隐没在她家的大门内。午后，贺宝往树林走去，他想看看那棵明天就要与灵子一起采折的清明树，因为他老是担心别人把那棵清明树砍去了。村里常有人到树林里砍合适的树干或者枝干做锄头柄、镰刀柄什么的。他从小就习惯在那棵树采折清明枝了，如果被人砍去，他实在受不了，他已与那棵清明树有了很深的感情，要是他看到有人砍它，一定会阻拦，或者跟别人拼命的。贺宝怎么也料不到，他会在这时候见到灵子，或者说，是灵子看见了他。贺宝正走在两边都是树木的小路上时,有人在背后轻轻地叫了一声:"宝大哥。"

贺宝回过头一看,发现是灵子,是那个他只能远远而望的少女灵子。他又惊又喜,也叫了她一声:"灵子。"

灵子有些羞答答的,脸上满是笑容,又叫了一声:"宝大哥。"

贺宝问:"灵子,有事吗?"

灵子说:"宝大哥,你等等我。"

贺宝心里一阵狂跳,答道:"好。"

灵子转身就往她家那边走去,她走得很急,过了一会儿,她又走回来,手里拿着一挂东西,很快就到了贺宝面前。灵子把手里的东西往贺宝面前递过去,说:"宝大哥,给你。"

原来是一挂"羊角扭"粽子,有十二个,刚煮熟的,还热着呢。贺宝接过粽子,显得非常激动,一时都不知道说些什么话,扭扭捏捏,说道:"灵子,你真好。"

灵子问道:"宝大哥,你明天清早去采清明枝吗?"

贺宝说:"去的,肯定去。"贺宝以为灵子这样问,是她不敢一个人大清早去树林里采清明枝,让他陪她一起去呢。

灵子说:"宝大哥,明天早上我没空采清明枝了,你要是去采,就帮我采回来好吗?"

贺宝一听,感到很意外,心里面有些失落,但随之又坦然了,那是灵子对他有好感,才求他呀。他说:"好啊,我采回来给你送去。"

灵子显得很开心,说:"谢谢宝大哥,我明天……"灵子还未说完这句话,听到有人在叫她,立即说,"有人叫我,我要回去了。"说完就往回走。

贺宝拿着那一挂羊角扭粽子，朝灵子的背影望去，心里面有些落寞，又有些喜滋滋的。灵子忽然又回过头来，朝他说："宝大哥，你真好，你是好人。"

灵子最后这句话，特别深刻地留在贺宝的脑海里，很久很久以后，贺宝每每回忆起与灵子在一起的时候，就想起灵子这句话。那天晚上，贺宝几乎一夜没有睡好，他太兴奋了，脑子里满是灵子的身影，以及跟灵子有关的一些乱七八糟的想法。他想，灵子肯定是对他产生好感了，所以才叫他帮她采清明枝，以后，灵子如果忙不过来，一定还会叫他帮她做其他事，下田插秧、给柑橘树抹芽、挖坑施肥、除草等，而他是绝不会拒绝她的。他很乐意帮她，因为与她在一起，他将获得最大的快乐。贺宝越想越喜不自禁，越觉得以后的时光将是多么的美好，那都是因为他的生活中有个灵子啊。

就如以往每一年的清明节一样，天刚蒙蒙亮，贺宝就起来了，不一会儿，就匆匆往树林里奔去。此时，恒村四周还是静悄悄的，村里村外都见不到一个人影。其实贺宝没必要起来那么早，现在的清明节清晨，已经与贺宝小的时候大不一样了，再听不到孩子们为了争采清明枝而踢踢踏踏奔跑的脚步声了，也不会看到有孩子清早去采清明枝了。到了半上午，才会看到有的大人去树林采一把回来，插在门头上，而有的人家懒得往树林跑，早已改掉这一古老的习俗，门头上再不插清明枝了。

贺宝很快就抱了一大把青青绿绿的还滴着露水的清明枝走出了树林，兴高采烈往灵子家的方向走去。他想象着，灵子见到他时，会是多么的欢喜雀跃，蹦蹦跳跳，一定还会对他说"宝大哥，你真好，你是好人"。当贺宝走在小巷时，遇上捧着一只碗吃着艾叶粑粑的娇娘，娇娘看见抱着一大把清明枝的贺宝，非常惊讶，她将贺宝迎头拦住，说："呀，我的宝哥哥，起来这么早采清明枝呀？跟谁争呀？"

贺宝见她挡住他的路，很不耐烦，说："谁像你，一天到晚没事干，只知道吃，吃，吃。"

娇娘不恼，依然笑嘻嘻的，说："是吗？"然后把眼睛盯着贺宝手上的清明枝，说："呀！这么好的清明枝，宝哥哥，给我一些吧，行吗？"

贺宝说："不行，你自己去采。"

娇娘说："我才不去。"说完，把碗伸到贺宝面前，说，"跟你换，我给你三个又甜又香的艾叶粑粑吃。"

贺宝一口拒绝，说："不换，不吃你的。"

娇娘又说："给你四个。"

"不吃。"贺宝再次拒绝。

"给你五个呢？"

"不吃。"

贺宝说完，绕过娇娘，继续往灵子家走去。

贺宝走到灵子家大门前，大门重重地关着，里面静悄悄的，听不到一点声音。贺宝一只手抱着清明枝，一只手在大门上敲了敲，过了一会儿，大门开了。令贺宝惊讶不已的是，出现在他面前的不是灵子，而是灵子那位右腿有些瘸的父亲。贺宝的脸上立刻露出有些失落的神色，他说："灵子昨天叫我帮她采清明枝。"

灵子父亲说："她告诉过我了。阿宝，谢谢你。"

贺宝把手里的清明枝分了一半给灵子的父亲，转身准备离去，却又停住了，嘴巴动了动，欲言又止。灵子父亲看着举步不前的贺宝，似乎明白了什么，说："灵子刚刚出门。"

贺宝一听，脸上布满了阴云，说："灵子……"

灵子父亲接着说："灵子赶早班车，下广东打工去了，跟她妈一起去的。她妈昨天回来的。"

灵子，恒村刚刚长大成人的最后一个女孩子，终于也离开村子了。贺宝呆在那里，整个人都僵住似的，那些青青绿绿的清明枝从他无力的手上滑落下来……

无主坟

萧大贵极不愿意到这地方来,更不愿意将这地方作为他身后的归宿,他一来到这个地方,这里的一切都令他有一种窒息之感。这地方的地名叫石梯坳背,四周都是荒山,山上布满低矮的灌木丛,在没有灌木丛的地方,裸露着瓦一样颜色的石头。东一座西一座长满杂草的坟头就处在荒山的包围之中,有的坟头上的黄茅草已有半人多高,有的坟头还长起了藤蔓交错的荆棘丛,坟头上已多年没有添加过坟头泥,一看就知道,这些坟早已经成了无主坟,任由野草荆棘遮蔽,任由风雨岁月侵蚀,任由世人以及日月星辰遗忘。

萧大贵是带着他新婚不久的妻子跟着父亲一起来到石梯坳背的,那天是清明节,他们是给葬在这里的九个祖坟挂纸来的。父亲说过,这是家里的祖先们很久以前就选好的坟地,以后家中世世代代的后辈,故去了都要葬在这里。萧大贵很小的时候与姐姐妹妹们跟着父亲来挂纸,父亲指着一个一个坟头对他们说:"这个是你们的太公,这个是你们的太婆,那个是你们的太祖公,那个是你们的太祖婆……"时间最短的一座坟头,是十年前添的,那是母亲的坟头，母亲是得了晚期肺癌去世的。当然了，家中以前故去的先人并不止九个，因为在兵荒马乱的年代，家中有的人去当兵，有的人去外面讨生活，一去便没了音信，也许客死他乡了，再也没有回来，无福享受先人给他们选择的这块龙脉宝地。

天阴阴的，冷冽的风从山坳上吹过来，让萧大贵阴郁的心越发阴郁、凄凉，他很想把纸挂完所有的坟头，快些离开这里。他刚走到中间那座太祖公的坟前，就发现坟右边的草丛中横着一条镰刀柄大小的白蛇皮。他的头皮一阵发麻，全身立刻起了一层鸡皮疙瘩，一股寒气从脚底直蹿脑门，不禁使他打起寒战来。萧大贵更加反感这个地方了，他想到自己最后的归宿是这种蛇虫出没的地方，一阵恐惧感重重地笼罩在他的头顶上空，心里低声地说："这个鬼地方，我以后决不会让人把我埋在这里。"

萧大贵一家住在恒村，恒村离这个地方有二三十公里，而且走的全是羊肠小路和坎坷崎岖的山路，以前，每年清明节一家人来挂纸，都要费上一整天的工夫。姐姐妹妹们还未出嫁那时，每年去挂纸，父亲都要挑上一口铁锅，在祖坟前做上一顿午饭，让一家人吃饱了才回家。萧大贵自己也感觉到，如今来挂纸的心情与小时候不一样了。小时候去挂纸是一件非常开心的事，那时家中人多，虽然要走几十公里的路，但却不觉得累。萧大贵拿镰刀，几个姐姐妹妹各有分工，有的扛铁锹，有的扛刮子，有的拿竹枝（用来挂坟头纸），父亲挑两只大箩筐，里面装着供奉祖坟的鸡、猪肉、油炸糍粑，还有鞭炮、纸钱、蜡烛、香，以及稻草做成的草狗等。母亲还在世时，还会用铰剪剪上一堆纸衣服、纸鞋，挂纸时在坟前烧掉，算是给先人们添了新衣服。一路走，一路是不停的笑声和歌声，看到路边灌木丛中有开得娇艳的蔷薇花，姐妹们都争着去采上一大把，偶然发现山坡上、石头缝里长有绿油油的野菜，赶紧也去摘下来，挂纸时做午餐，有时候还可以采到金竹笋和松树菌等，真的让人快乐极了。

如今，姐姐与妹妹们都嫁人了，母亲也去世了，而萧大贵下广东打工将近二十年了，回家挂纸的次数寥寥无几，除了母亲去世那次回过一次，已有近十年没回来了，所以每年清明去挂纸只有父亲一个人。父亲也老了，担心萧大贵久不回来挂纸，连祖坟的位置都忘了，所以今年清明节还没到，就给他打了无数的电话，催他无论如何都要回来一次。萧大贵在电话中听到父亲几乎是哀求的声音，于是回来了。

父亲放下盛满供品的担子，默默无声地从两只箩筐里把煮熟的鸡、猪肉、油炸糍粑等供品一一捧出来。萧大贵新婚不久的妻子——新媳妇也主动给父亲帮忙，父亲指点她把供品先摆在太祖公坟前，说先供太祖公，再供太祖婆，按辈分大小来供，不能弄错。萧大贵先是默不作声地站在坟前，神情淡然地看着父亲与新婚的媳妇在忙，然后拿起一把镰刀，在太祖公坟头上劈了几下半人高的黄茅草，便撂下镰刀，拿着一把木柄铁铲，走到一边空地上，翻起一块块厚厚的带草皮的坟头泥，用双手捧起，放到坟头上。一座坟头放两块，然后，由新媳妇用竹枝绕上条形状的坟头纸，插在新添的坟头泥上面。山风吹过来，坟头纸卷起来翻上去，发出阴郁的哗哗声。萧大贵坐在草地上抽了一支香烟，又站起来用铁铲翻坟头泥,他心里一直在想,这是他最后一次给祖坟添坟头泥了,以后,他将再也不会到这坟地来了。萧大贵还想到,也许有一天他还会回到这里,把这些祖坟全部起出来,分别用坛子装起,带到城里去,放到他购买来的墓位上,这样,他就用不着每年清明节都要跑回来挂纸了。

昨晚,萧大贵带着他的新媳妇回到家不久,就跟父亲谈了他准备在城里给故去的先人购买墓位的事。萧大贵说:"城里建有永久陵园,陵园里还建有骨灰馆,那骨灰馆建得多漂亮呀!多豪华啊!远远看去,就像古代的宫殿一样,墙壁、走廊以及围栏都是白色的,地板都是大理石铺的。进了大门,是一个大大的广场,周围都种着青葱翠绿的松柏树,到处都干干净净,看不到一点垃圾,连灰尘都没有。永久陵园内有高大的牌坊、太极池、放生池、护陵河、南天门,还有办公室、停车场,有专人管理,像个山清水秀的公园一样。清明节,城里的人都开着小车,捧着鲜花去陵园骨灰馆给先人扫墓,来来去去都很方便,哪像我们家里这样,给祖坟挂个纸都要走几十公里山路,地方又这么荒凉,一年到尾,连个人影也见不到,就是先人在地下有知,也会感到寂寞。等到以后生意做得红红火火,攒多了钱,我就在永久陵园也买几个墓位,回来把祖坟起出来,迁到城里的陵园里安葬,以后,再用不着年年清明节回来,走几十公里山路来这里挂纸了。"

但父亲却不同意儿子萧大贵的想法,父亲说:"家里这块坟地是家里的先人选好的,是家里的龙脉宝地,家里的后代故去后都要埋葬在这里。先人们留下的遗愿,我们后代的人可违背不得,否则，会给家里的香火带来厄运。再说，树高千丈，叶落归根，后代不论到了哪里谋生，无论路途多远，最后的归宿都是自己的家乡。城里虽好，终是别人的城市，不如自己的家乡。"萧大贵认为这是父亲的固执，反驳道："什么龙脉宝地？家里还不是世世代代地穷？也没一个人做得上官？信也好，不信也好，说句不中听的话，阿爸，我不管你愿不愿意，就是你以后百年了，我是不会把你埋在那块坟地上的，我以后也不会让人把我埋在那地方。"

父亲听了这话，一脸悲伤，连连叹气，说："要是你这样违背先人的话，你对不起家里的先人啊，是造孽啊。"两个人争论了半天。萧大贵一心想说服父亲，父亲也一心想说服儿子，各不相让，而坐在一旁的新媳妇却沉默不语，不发表任何意见。

这个新婚的媳妇是萧大贵在近四十岁时才娶上的。萧大贵是20世纪80年代最早外出打工的那批人，先是在一家港资线路板厂的流水线上做起。经过了二十年的打拼，如今，他已经是一家印刷厂的股东之一，在城里买了自己的房子，并结束了自己的单身汉生活。他曾经把父亲接到城里去住，只是父亲过不惯城市生活，心里老是惦记着乡下的那个家，以及家里的地，门前的柿子树，还有石梯坳背的祖坟。没过到半年，父亲就坐上长途大巴回来了，并且说，以后再也不会到城去了。萧大贵并没有强求父亲留下来，只是说"你愿意回去，那就回吧"，而他以后除了有空回去看看之外，是一辈子也不想回去了，就是死也要死在城里了。但关于祖坟，关于父亲要求最后的归宿选择在这块坟地上，他还是决定要违背父亲的意愿以及先人的意愿。但他没有想到，这天来挂纸，父亲会做出一件惊人的事情来,让他不得不口头答应了父亲的选择。而父亲似乎非要等他答应了,才能够心安踏实。

那天,萧大贵费了很大的劲,累出一身的大汗,才把九个坟头添上了新的坟头泥,心里默默地说:"这是我最后一次在这里给你们添坟头泥了,以后,要把你们都迁到陵园里去,住好地方。"那个新婚的媳妇紧跟在萧大贵的后面,用竹枝挂坟头纸。等九座坟头上都挂上了纸,那白色的条形纸被山风吹拂得飘来荡去,发出的声音更响了,哗啦哗啦,如先人的魂灵在上面飘荡,魂灵似乎很满意,在欢跳又欢唱呢。父亲用簸箕盛放供品,一座坟接一座坟地供奉,倒烧酒、点蜡烛、烧香、摆放草狗、烧纸钱,当然,那个新婚的媳妇有空就帮一下父亲的忙。新婚媳妇对这些事不是很懂,父亲就很有耐心地指点她,比如摆放草狗,要一边一只摆在墓碑前,倒烧酒要在纸钱烧过后才倒等。最后是放鞭炮,鞭炮是萧大贵放的,因为他抽着香烟,点引子方便。引子一冒蓝烟,迅速将鞭炮往坟头上一扔,立刻噼里啪啦地响起来。不远处的山坡上,几只受到惊吓的野鸡迅疾从草丛中飞了起来,在天空中绕了一圈,很快消失在远远的山腰上。

鞭炮响过之后,萧大贵不时抬头往左边的山角落遥望,每次望过后,脸上都显露出一种失落的神情。萧大贵记得很清楚,在山角落背面,再走一公里多的路程,有一个叫仙人洞的村子。他记得小的时候,每年清明节来这里挂纸,鞭炮响过后大约十五分钟,会看到一群人出现在山角落,并争先恐后地往这里跑过来。他们之中,有十二三岁的男孩和女孩,有六七十岁的老太太,还有背着婴儿的年轻媳妇,有的男孩手里还捧着一个饭碗。这群穿着破旧衣服的人都是仙人洞村的人,是听闻鞭炮声跑来向正在挂纸的人讨要供品的。供品本是挂纸的人供奉给祖坟里的先人"享用"的,而活人却跑来与先人争食,这事如今看来有些不可思议,但在三十多年前却是平常的事,不以为怪,因为这是那里的一种风俗,这风俗在当地称为"参坟"。

参坟的人来了,在坟前坟后站了一圈,默不作声地看着挂纸的人,并不主动要求给供品,但挂纸的人心里明白,拿起供奉先人的供品,一一分到参坟人的手里,他们也不道一声谢,拿着供品,转身便离开。一般情况下,参坟的人都不会空手回去的。坟地就在他们的地界上,谁都会多多少少分一些供品给他们,那是为了离家很远的祖坟平安无事。分给参坟人的供品都是些即刻可以食用的油炸糍粑、艾叶粑粑、糯米粑。

父亲是一位厚道的人,每年挂纸前,都在家准备着足够的供品,以便分给仙人洞来参坟的人。记得有一年,我们带来的糍粑全部分完了,但有一个八九岁的男孩还没有得到,看到别的人乐滋滋地吃着糍粑,这男孩急得双眼满是泪水,快要哭起来了。父亲见状,用镰刀割下一小块熟猪肉,放到男孩的手里,还细声安慰说:"别哭,拿回去做饭吃吧,明年再来。"男孩的表情终于由阴转晴,很快绽开笑脸。萧大贵记得当时他跟那男孩一样大,他想,现在那男孩过得怎么样了?也是与自己一样,到城里打工了吗?他们村里的人过的日子都好了吧?再是,不知从哪一年开始,再也看不到仙人洞村的人来参坟了。也许,参坟这一风俗不会永远存在下去。

萧大贵还发现,除了他们这一家人外,周围已看不到一个挂纸的人,附近山坡上那些长满黄茅草爬满荆棘的坟头,似乎早已被人遗忘,成了无主坟,怎么会被人忘了呢?谁又能说得清楚?记得还是在二十多年前,每年清明节的这一天,石梯坳背那种原始一样的寂静被此起彼伏的鞭炮声所打破,进出石梯坳背的羊肠小路上走来一帮又一帮来挂纸的人,男男女女,老老少少,烟雾弥漫,人声喧哗,如赶庙会一般热闹。埋葬在石梯坳背的各家先人们,在这一天都享尽了一年中难得的饱餐。到这里挂纸的人互不相识,但因为坟地都选择在同一个地方,大家碰面了,都会互相点头致意,或者打一声招呼,站在坟前递上香烟,闲聊几句。如今,怎么他们都不来了?他们也像萧大贵一样,都离了家,到城里去了吗?萧大贵望着那些无人挂纸的坟头,心里生发出一种怅然若失之感。远处的这些坟头被人遗忘了,近村的那些土地同样遭到冷落,恒村周围随处可以看到长满杂草的耕地。耕地的主人都不愿意种了,跑到城里就再也不想回村了,他们都说城里攒钱容易,而种地太难了。

九个坟头都挂上了纸,又供奉过了,萧大贵、新婚的媳妇、父亲三个人坐在坟前的草地上吃了几个糍粑,喝了带来的石崖茶,准备收拾东西回家。这时,萧大贵抬头朝坡上望去,说道:"那些坟都成了无主坟了,他们都不愿意来这地方挂纸了。"

父亲神情显得很沉重,说:"他们不来,我们来,我们不要像他们那样。先人选好的龙脉宝地永远都不能丢。"

萧大贵无奈地说:"其实我也不想丢,我离家远,生意忙,以后难得回来一次。"

"阿贵,再忙也不可以忘记自己的先人啊!"

"我也不想忘记啊,就是我能年年回来一次,也保不定以后下一代能不能像我一样,如果不把祖坟迁到城里去,终有一年也会成无主坟。"

"阿贵,可不能迁啊!就是成了无主坟,我也愿意把我埋在这里,与家里的先人们在一起。"

"以后的事,可由我来做主。"

"这么说,你是不肯把我埋在家里这块龙脉宝地了?"

"昨晚我说过了,我准备在城里的陵园给你买一个墓位。"

父亲脸色一黑,有些恼火地说:"我不愿意到城里去住。"

萧大贵固执地说:"我也不愿意到这里来。"

那位新婚的媳妇坐在一旁,一直默默无声,后来看到父子俩即将吵起来,终于开口对萧大贵说道:"你少说两句吧,回去后,再好好谈不行吗?"

萧大贵收住了话头,过了一会儿,他拿了一大把香往坡上走去,说是给坡上那些无主坟烧香。那个新婚的媳妇也跟着他一块儿走去。上到坡上,站在一座满是茅草的坟前,萧大贵把香交到新婚的媳妇手里,他掏出打火机,点燃那把香,然后蹲下来,先用手把石碑下的茅草拔掉两把,再从新婚的媳妇手里取下三支香,插在石碑下的土堆上。新婚的媳妇想问他为什么要给无主坟烧香,却欲言又止。萧大贵也不说。媳妇不知道,二十年前他来这里挂纸时，曾遇到过无主坟的后人来挂纸，大大小小，六七口人，他还与他们打过招呼，互相递烟呢。接着，萧大贵给其他无主坟也都烧了香，他对媳妇说："一个人过世了，埋到这么远的荒山来，一年都见不到一个人影，只有大蛇大虫陪伴，又无人来挂一下纸，成了无主坟，唉！我以后是无论如何也不会让人把我埋到这地方来的，太可怕了。"萧大贵与媳妇往坡下走去时，忽然发现父亲在自家那块龙脉宝地上挥铲疾挖土，挖起来的黄泥土已有一大堆。萧大贵觉得非常惊讶，不懂父亲为什么挖土，不是正准备回家吗？他仔细一看，父亲其实是在挖坑呢，那个坑呈长方形，与母亲的坟头紧挨在一起。萧大贵越看越疑惑，随即，他似乎明白父亲在干什么了，怔住了两秒钟，便疾步走过去。媳妇也发现了父亲在挖坑，但她一点也不明白是怎么回事，也跟着萧大贵快步走。

父亲这是在为他自己挖墓坑呢，他仍然在气头上。萧大贵来到父亲身边，睁大眼睛看着还在不停挖坑的父亲，说道："阿爸，你这是干什么啊？"

父亲站在坑内，头也不抬，一边一铲一铲地把坑底的泥土往两边抛，一边回答道："我就怕你以后不听我的话，把我送到城里的什么陵园去，趁你们今天在这，你们把我埋在这里算了。我喜欢这地方，喜欢和先人在一起，你们现在把我埋了吧，我不跟你们回家了。"

萧大贵说："这样行吗？你还是一个大活人啊。"

父亲仍旧赌气，说："我活不了几年了，黄土已经埋到脖子上了，不如自己动手，全部埋过头去。"

媳妇也急切地劝道:"阿爸,可不能这样!"

萧大贵跳下坑,用力抢过父亲手里的铁铲,父亲强不过儿子,无可奈何地流泪。忽然,父亲一下躺倒在坑里,一边流泪,一边叫道:"快把我埋了吧!我今天不回家了,你快埋了我吧……"

萧大贵看着直挺挺躺在坑里的父亲,好一会儿才说道:"起来吧,我以后不送你到城里去了。"媳妇听萧大贵这么说,急忙跳到坑下去,去扶父亲,还说:"阿爸,快起来,大贵答应不送你到城里去了,回家吧。"

世上的事往往就是这样,明天的事今天难以料到。第二年的清明节,父亲是一个人去石梯坳背给祖坟挂纸的,在那块龙脉宝地上又多了一个新的坟头,坟头上还裸露出新鲜的黄泥土。

这座新的坟头下埋的是萧大贵,坟头是从父亲去年挖的那个墓坑垒起来的。萧大贵是半年前被一场大火烧死的。

出事的那天晚上,萧大贵在办公室处理一些事,忽然停电了,他叫门卫买了一把蜡烛回来,他点了一支顺手粘在桌面上,继续工作。后来因为太累,他躺在沙发上想休息一会儿,不想一躺下就睡着了。那支蜡烛一直燃烧到桌面,随即引燃了桌面上的文件,直到大火烧到他身上,他才惊醒过来,这时整个印刷厂已成了火海,他再也跑不出去了。同时被大火吞噬的还有那个门卫。那个新婚的媳妇在处理完萧大贵的后事之后,便含着泪,去了别的地方。

时间如流水,又一年的清明节到了,那天,石梯坳背那块龙脉宝地上,再也没有出现那位父亲的身影。他死了,被人埋在恒村的附近。从此之后,龙脉宝地上的坟头都成了无主坟,萧大贵的坟头上早已被茅草荆棘所遮盖。

  据说有一次,一个背着猎枪带着一条大黄狗到此打山鸡的汉子,经过龙脉宝地时,发现萧大贵的坟头上歪歪曲曲地横着一条粗大的白蛇皮。汉子对此产生了很大的兴趣,在坟头的周围寻找蛇洞,但找了半天,终是没找到。

一个人的战斗

一

　　蕾蕾去了城里后，失去了最后一支力量的贺老贵，仍然继续他旷日持久的战斗。贺老贵虽然年纪一大把了，但他自我感觉身体非常强壮，还处在人生的壮年。他不知道这场战斗会持续多久，但他发誓，只要他还有一口气，就决不会放弃。苦风、凄雨、蜘蛛、虫蚁、老鼠、尘埃、野草、藤蔓，还有村公所龙主任，以及看不见摸不着的岁月流年，都是贺老贵顽强作战的对象。
　　这天上午，村公所龙主任又来了，龙主任是这一个月之中第六次来了。龙主任用手拍响老屋的大门时，贺老贵正在楼上处于新一天的战斗之中。战斗当然是很激烈的，贺老贵双手握着一支四米长的竹篙，竹篙的另一头绑着一束稻草结，稻草结做成如羽毛球似的，竹篙从尾羽插入，样子像一支折断了枪头的红缨枪。他将"红缨枪"举起来，在楼上卖力地左冲右刺，从左边冲到右边，从瓦梁横扫到楼板，把楼的角落或者横梁上正在不断扩张的蜘蛛网绞到绑在竹篙的稻草结上。正忙着，忽然发现一队黑蚂蚁从窗口长驱直入，雄赳赳气昂昂，爬到楼上的横梁上做窝。贺老贵气得牙痒痒，立刻找来一瓶杀虫剂，一边朝着那队黑蚂蚁猛烈喷去，一边咬牙切齿地说道:"来呀来呀,来一个死一个,来两个死一双。"看到沾上药剂的黑蚂蚁从横梁上纷纷落到楼板上,他心里升起一种得胜的喜悦。

一会儿,贺老贵看到头顶上的瓦出现一条指头大的光亮,有漏水的可能,于是,他把光亮下的一只大木桶移到一边去。他又担心雨水漏下来,淋坏这只不知哪朝哪代的先人留下的木桶,但他刚把木桶挪动,就看到一只大老鼠从桶底跑了出来,迅速往墙角上猛窜。贺老贵急忙脱下一只帆布鞋,狠狠地朝着已爬到墙上的老鼠砸去,正巧砸中老鼠。老鼠被鞋砸中,翻身掉了下来,在楼板上打了个滚,又往杂物堆下窜,因为被鞋砸中一下,速度慢了很多,还未等再次藏起来,就被贺老贵手中的一块废弃的四方木头砸扁了脑袋。一场战斗过后,贺老贵已是满头大汗,衣服、头发与脸面上都沾满了发黑的灰土与蛛网。他感觉有些累了,但他也感到很满足,是那种付出自己力量而收获的满足感,同时也感到快乐,是那种取胜了的快乐。

这样的战斗几乎每天都在进行,每天贺老贵都以他顽强的战斗力乐此不疲,而楼上的蜘蛛、老鼠、蚂蚁以及尘埃,似乎决不肯认输,今天被贺老贵打败了,明天又会卷土重来。蜘蛛重在楼的角落织网,蚂蚁又在横梁上做窝,老鼠继续啃咬祖宗留下的木箱,岁月又在贺老贵舍不得丢弃、视若珍宝的古老纺织车、谷桶、木箱上面落满尘埃,与贺老贵做殊死较量。

还有屋脊上的瓦,常常被到处乱窜的鼠们弄翻好几处。贺老贵每隔一段时间,就搬出木梯,爬到屋脊上,把弄翻的瓦片重新修整好，不然，下雨了，雨水漏下来，就会把楼上的东西都滴坏。

当龙主任拍门时，贺老贵已休战，蹲下来，正兴致勃勃地观赏那只一直放在楼上的、古旧又破损不堪的、已经没有鼓面的鼓桶，因为看得太投入，那嘭嘭嘭的拍门声，他竟然没听到。这只鼓桶是实木做成的，木心挖空，有水桶那么大，也如水桶那么高，下部稍微比上部小，两侧各有一只锈得发黑的酒杯大的铁环。如果不是上部的边缘布满了指甲大的铆钉以及仅剩两指多大的鼓皮，让人看出来还像一只鼓桶，不然，还真让人以为是一只旧木桶呢。贺老贵很喜欢这只破损不堪的鼓桶，将它视若宝贝，每每看着木质斑驳发黑的鼓桶，脑子里总会幻发起家中先人们在各种节日里敲打这只鼓的情景，如电影一般，一幕幕在他脑海里迭现。贺老贵由此想到家中曾经的辉煌，心里感到非常欣慰。而这只鼓桶到底有多久的年代了，贺老贵并不清楚，父亲在世时没有跟他说过，也许连老父亲都不清楚。

贺老贵记得，在他很小的时候，就发现家中楼上放有这只鼓桶了，第一次看到时，就是这样的破损。虽然是只破损的鼓桶，似乎也没有任何用处，也不值一分钱，但既然家中先人们都舍不得丢弃，他贺老贵当然也要好好把它保护。只是让他不放心的是，儿子、媳妇以及孙女都去了城里，也不愿再回来，当然他们也不会喜欢这只破烂又无用的鼓桶，还有这老屋中所有的破旧东西。儿子早就想把这些破旧的东西当木柴烧掉，可贺老贵不同意。儿子说："留下有什么用？又不值钱，放在这里碍手碍脚。"贺老贵为此常常唉声叹气。老祖宗留下的念物，这一代人根本不会珍惜了，也不会有上一辈人这种珍惜旧物的心情了。儿子还想把老屋也拆了，在原地建新楼房，贺老贵也不同意，他说老屋永远都不能拆。儿子说不拆迟早会倒掉，贺老贵说只要他活着就不会让它倒。儿子没办法，只得在老屋旁边另选屋地，建了一幢两层的楼房。贺老贵却恋着老屋，不愿住新楼房，白天在新楼房吃饭，晚上依旧回到老屋睡觉，他说他住惯了老屋，在新楼房会睡不着觉。儿子一心只想着让父亲过得好些，可做父亲的他却处处不愿领受，儿子无可奈何，便由他去了。

蕾蕾一直在家由贺老贵带大，跟着她爸爸去城里时已十一岁了，蕾蕾在家时，是贺老贵与蜘蛛、鼠蚁、尘埃、风雨，以及在屋边的柑橘园与杂草藤蔓作战的得力助手。贺老贵架楼梯上屋脊捡漏时，蕾蕾帮他扶木梯；贺老贵上屋脊换下腐朽的瓦壳板时，蕾蕾帮着递锤子；贺老贵转战在哪，蕾蕾陪他到哪，在他身边助威呐喊，随时助上一臂之力。他累时，蕾蕾帮他捶捶腰；他满头汗水时，蕾蕾拿来毛巾帮他揩干净；他口渴时，蕾蕾拿来一杯浓茶让他解渴。当然了，他有时也会带蕾蕾去一两公里外的恒河镇上，买她喜欢看的漫画书，买她喜欢的玩具，还有她喜欢的小阳帽、小花伞。蕾蕾对他说过，她长大了，不会去城里的，会在家里陪他，这话使得贺老贵特开心。他不希望蕾蕾一长大就离开家，他希望蕾蕾能在家里多陪他几年。

现在的恒村，都是些老人与小孩。女孩子一长大就去了城里，很少回来一次，直到在城里嫁作别家的媳妇，永远在村里见不到了。还有男孩子们，往往读完了初中就去了城里，去了城里就再不愿意回家了，一两年只回来一次，回到村里，这也看不惯，那也看不惯，住不上三五天又匆匆离家。他们的内心，已将自己视为城里人了，在城里拼命攒钱，买房娶媳妇，做个城里人。就是做不上城里人，也要赖在城里，租个房住下来，也要在城里赖着住一辈子。贺老贵的儿子就是这样的。十八年前，只有初中文化水平的儿子就离家去了广东的一个小城镇，打拼近二十年，在外成了家，如今又成了厂里的一名车间主任，听儿子说，一个月能拿到上万元的钱，前几年，也在城里供房贷了。儿子曾经接贺老贵到城里住，贺老贵初到城里，看到的一切都令他感到新奇。儿子不想做饭，拿起电话一按，一会儿就有人把饭菜送到家。儿子没钱花了，走到街头，从身上掏出一张小纸片，把它往街边墙上的机器细缝里一插，那机器眨眼之间就吐出来一大沓钱。

对于贺老贵来说，这一切都是那么神奇，像玩魔术似的。他对儿子说："你有了这张纸片，还去上啥子班？一天多插几次就够你一年花用了。"儿子听了他的话，脸上的神情怔住了一会儿，然后笑了笑，没有回答。不到半年时间，贺老贵就闹着回乡下老家。他对儿子说，城里的空气他闻着难受。而且城里一出门就有那么多的汽车、摩托车，来来回回，这让他时时小心在意，极不自在。城里人虽然多，但他想找个说话的人都找不到，住在隔壁的人家，半年了大家都互不相识，还当啥邻居？让他觉得很闷。他还说，城里的猪肉不好吃，鸡肉不好吃，蛋也不好吃，青菜不好吃，油也不好吃，所有的东西都不如乡下的味道好。

贺老贵说的不是真心话。其实他想回乡下，那是心里老是念着乡下那间老屋，老屋门前那棵柿子树，还有老屋楼上那只破损的鼓桶，以及那些年代久远已经多年不用的谷桶、旧木箱、旧木桶等。他担心他不在家时，这些先人留下的东西被老鼠们啃烂，以及屋顶漏雨被淋坏。儿子没办法，花了八万元，在乡下老屋旁建了一幢新楼房，让贺老贵住，但他却不愿意住新楼房，喜欢住在老屋。

蕾蕾是从小跟着贺老贵长大的。其实蕾蕾也极想爸爸与妈妈不要在外打工了，回来跟他们一起过日子，一家人在一起，那是多开心呀，但爸妈是不会听她的话的，爸妈也不会回来过日子。他们总是说，在城里一个月就能攒几千上万块钱，回来干吗？回来一年攒的也没有在城里一个月攒到的多，没钱就没好日子过，没钱就没新房子住。都是钱呀钱呀，蕾蕾虽然还没长大，似乎也感到生活是那么的无奈。

家里有好几亩柑橘园，就挨着老屋的旁边，是蕾蕾还小时，儿媳妇从城里回来住的那几年，与贺老贵一起种下的。儿媳妇本想在家一边带蕾蕾，一边打理这片果园，不再去城里打工了。只是五年前，往果园里投下了一大笔本钱，到了秋天，收获的三万斤柑橘却没好价钱。往年每年都来村里收购柑橘的广东老板，那年却没来，三万斤柑橘只卖了个烂价，连投下去的本钱都收不回来，儿媳妇灰了心，觉得种水果风险太大了，于是把刚上小学一年级的蕾蕾留在家里，让贺老贵照顾，再次去了城里。如今，贺老贵常常在老屋与蜘蛛、老鼠、虫蚁作战一番后，又接着把战场转移到柑橘园去，带着镰刀，割那些与柑橘争夺地盘的野草，还有那些与柑橘抢占空间的荆棘与藤蔓。只是，那些野草、荆棘与藤蔓也不甘心失败似的，贺老贵今天割完，它们明天又长；贺老贵割完这边，那边又长出半人高，与贺老贵不断地较量。前几天儿子回来时就对他说，别去割了，割来有啥用？让它们长吧。贺老贵很不服气，他说，不割，那块地就成了荒山了。

　　贺老贵终于听到拍门声了，那熟悉的拍门节奏，让贺老贵一下子就猜到是龙主任又来了，还猜到龙主任是为了这座老屋来的。原来，镇政府为了落实上面提的农村城镇化建设的文件精神，准备把恒村作为试点，先修一条水泥路，水泥路从贺老贵屋门前经过，门前就是恒村的路口，是外人进入恒村的主要通道。龙主任说老屋为旧瓦房，斑驳的泥砖墙与现代化的农村城镇化建设格格不入，影响村容，所以建议拆除。儿子是支持拆除老屋的，他担心贺老贵经常爬楼梯上屋脊捡漏有个闪失。但贺老贵是铁了心不愿意拆除的，他在老屋住了将近一辈子了，有太深的感情，他舍不得老屋在他面前消失。

　　龙主任前几次来做贺老贵的思想工作时，什么从大局着想、为建设农村城镇化着想、为子孙后代着想之类的话，苦口婆心说了半天，贺老贵就是丝毫不动摇。贺老贵有他不想拆的观点，他说："建设农村城镇化也要保留一部分古建筑呀，你看城市里头不是也有古建筑吗？城市都可以容得下老房子，农村为什么就容不下？"龙主任却说："那可不一样，城市里的古建筑是有选择性地保留下来，就是说有一定历史背景的要保留下来，而不是全部。"贺老贵又说："那农村就不能有选择性地保留下来吗？再说，我的老屋也有一定的历史背景呀。"龙主任质疑道："有啥历史背景？"贺老贵想起以往的事情，便说："新中国成立之初，来打土匪的解放军在我这老屋住过，有个连长在我这老屋里办公。"龙主任听了，沉默一下，然后才说："这也算有历史背景吗？"贺老贵说："那不算吗？七三年的时候，学校老师带学生到我的老屋里开忆苦思甜会，我还给学生说过这些事呢。"龙主任一时语塞，怔住了一会儿，才说："这、这、这……"

贺老贵猜得没错，龙主任今天来还是因为要拆老屋这件事。当贺老贵走下楼，一身蛛网、满脸灰尘地出现在龙主任面前时，龙主任惊讶地看着他，接着笑了笑，然后说："我说老伙计，你这老破屋子真该拆了，你看看，你从里面走出来，就糊了你满脸的灰尘，亏你还天天睡在里面，拆了吧？"

贺老贵平心静气，说："唉！我说不拆就不拆，你还天天来，你就让我再住三四十年吧。等我断了这口气了，你想怎么拆就怎么拆，没人拦你了。"

龙主任说："镇里催得紧呀，我还能等下去吗？今天来，是想告诉你，先把老屋拆了，村里补助你一部分资金，你自己也出一部分，再在老屋的原地上建一层房，这样，你还是一样在原来的地方住。"

贺老贵说："老屋拆了，再建一层房，那还是原来的老屋吗？"

龙主任再一次无功而返，他实在拿贺老贵没办法，也只能尽量用道理来说服贺老贵，而不是用强硬的口气与之争吵。龙主任决定明天让张镇长亲自出马，做贺老贵的思想工作。

二

午饭之后，贺老贵带上镰刀，腰上再挂上一把钩刀，把下一个战场转移到老屋边的柑橘园里。进了果园，贺老贵忽然想念起去了城里的蕾蕾，如果蕾蕾在家，她也会带上一把小镰刀，跟他一块儿去果园割杂草砍荆棘的。贺老贵多么喜欢蕾蕾在他身边，总觉得他所有的亲人只剩下蕾蕾了。他累时，随地坐在草地上，卷上一支喇叭筒，吧嗒吧嗒地吞云吐雾，悠然如神仙。这时候，蕾蕾往往趴在他的背上，用一双稚嫩的小手抚弄他满头的白发，或者轻轻去捏他的大耳垂，这让他觉得，他不再孤独，也不再寂寞，感觉活着是那么的可贵与幸福。如今蕾蕾也去城里了，这一去，就意味着也会像恒村许许多多的女孩子一样，再也不回来了。她会在城里上小学，再上初中、高中，也许还会上大学，毕业后就在城里找工作，接着就是谈恋爱，嫁为人妇，永远都留在城里了。还有那些刚长大的男孩子，还有其他成了家的，或者没成家的，一个个都往城里跑，去了，就几乎不再回来了。蕾蕾是在放暑假时跟着她爸爸去城里的，去之前，蕾蕾握住贺老贵的手，口口声声对他说道："公公，我去城里看我妈妈几天，会再回来陪你的，你相信我，我真的会回来的！"

贺老贵也相信蕾蕾会回来，相信会像他曾经在城里一样，住不惯的，但直到开学，蕾蕾的身影也没有在家里出现过。儿子给他打来电话，告诉他，蕾蕾在城里上学了，她在城里认识了很多跟她玩的小朋友，还在培训中心报名学习钢琴，还买了很多从来没有见过的很新奇的玩具，她不想回去了。贺老贵听了，心里一阵紧缩，久久地呆住了。

现在，贺老贵望着早已荒芜成荒山野岭似的柑橘园，无限的伤感直上心头：蕾蕾，再不会在柑橘园出现了。但只一会儿，贺老贵心里又坦然了。他默默地说："去吧，去吧，你们都跑城里去吧，只剩我一个人，我也要在这里继续战斗下去。"贺老贵的眼睛闪现出犀利的光芒，咬牙切齿。他忽然把手里的镰刀扔在草地上，从绑在腰上的刀鞘上取下一把钩刀，双手握住刀把，举起来，狠狠地一挥，咔嚓一声，一棵酒杯大的苦楝树被拦腰斩倒在地。

园里六百三十五棵柑橘树，因为长期无人护理，早已被齐腰深的茅草、荆棘、鸡屎藤、铁线藤、狗牙刺，以及数不清的野杂树、蚂蚁窝等层层包围，重重压迫，让这些柑橘树喘不过气，伸张不开枝丫，有的开始枯萎，有的已经死去，大多数只剩下苟延残喘。儿子与媳妇是不会在乎这些柑橘树的死活的，更不会在乎这块地变成了荒地，但贺老贵在乎。他只要一有空，就到这里来开辟另一个战场，用镰刀，用钩刀，与不请自来侵入园里争夺柑橘地盘的茅草、荆棘、鸡屎藤、铁线藤、狗牙刺、野杂树、蚂蚁作战。只是，这个战场太大了，也太复杂了，他前两天砍干净的铁丝藤，到了今天又张牙舞爪似的爬满了一大片柑橘树；前三天已斩尽杀绝的鸡屎藤，今天又气势汹汹占领了各个角落。

最让贺老贵气愤的是，前天他在一棵柑橘树上除掉了蚂蚁窝，今天他看到三棵柑橘树上出现了五个蚂蚁窝。贺老贵气得牙痒痒，这些蚂蚁也太欺负人吧？太霸道了吧？是成心跟他一个人作对吧？贺老贵可不甘心败在这些铁线藤、鸡屎藤手上，更不甘心败在蚂蚁手上。他想挥动钩刀把结上蚂蚁窝的那些枝条砍下来，然后放一把火烧掉，可他砍了一刀，树枝一摇动，窝里就爬出成群的黑蚂蚁，眨眼之间，整棵柑橘树上全是密密麻麻、来来去去、耀武扬威的黑蚂蚁。贺老贵再想去砍，衣袖刚一接触到柑橘树，他的身上就爬上了七八只黑蚂蚁，有两只迅速蹿到他的脖子上，在他的脖子上狠狠地一咬。贺老贵又痒又痛，嘴里叫了一声，急忙扔掉钩刀，双手在全身上下又拍又打起来。忽然，贺老贵肚皮上又挨了一口，他赶快把衣服一翻，看到一只黑蚂蚁正在他的肚脐里啃呢。他气得满眼通红，把黑蚂蚁从肚脐里抠出来，放在手指头上，两个指头狠狠一捏，再用力一挫，把那只黑蚂蚁瞬间挫成了粉末。

贺老贵接着把衣服脱下来，凑近眼睛，翻过来翻过去，领子、袖子、口袋，前面、后面，仔仔细细地查看八九遍，确定没有蚂蚁了再穿上。贺老贵再不敢触碰那几棵结了蚂蚁窝的柑橘树。难道就这样败在蚂蚁手上了？他很不甘心呀。贺老贵正在一筹莫展之际，目光忽然落在旁边一座坟堆上，那坟堆上长满了一人高的黄茅草，草叶片有的青，有的枯。贺老贵拿起镰刀，来到坟堆旁，割下一大把黄茅草，做成一支火把。他决定葬送几棵柑橘树，也要将五个蚂蚁窝消灭干净。贺老贵回到蚂蚁窝旁，掏出打火机，点燃了手里的黄茅草，火苗立刻噼噼啪啪地蹿上半空，然后，贺老贵将点燃的黄茅草朝刚才啃咬他的蚂蚁窝伸过去。那蚂蚁窝很快就冒起了蓝烟，并发出了一种烧干牛粪的气味，许多刚爬出窝来的黑蚂蚁纷纷往下掉。贺老贵手持黄茅草，一边烧，一边幸灾乐祸地说道："看你死不死，死不死。咬我，咬呀，看你还咬不咬，我就不信你们能战胜得了我，出来啊，看看是我死，还是你们死……"

贺老贵怎么也想不到，随之发生的事令他措手不及。他刚烧燃第一个蚂蚁窝，那棵叶子有些枯黄的柑橘树也跟着燃烧起来，忽然吹起了风，风一吹，哗哗啦啦一阵响，火苗到处乱窜，旁边的藤蔓、杂草、杂树很快也燃烧了起来。火越烧越大，越烧越猛，转瞬之间，一大片柑橘树都烧了起来。贺老贵开始还砍了一条小树枝打火，但火势太大了，根本无法扑灭，最后贺老贵放弃了扑打，一时手足无措，傻乎乎地望着面前蔓延开的大火，不知如何是好。

更不妙的是，那火势本来是朝着北面方向烧去的，不一会儿，似乎有意要与贺老贵开个残酷的大玩笑，突然之间火势变了方向，朝着南面方向烧去了。贺老贵的老屋就在南面，而且就在柑橘园旁边。贺老贵惊恐万状，看着越来越逼近老屋的火势，干瞪眼睛，无计可施，脑子里一片空白。

贺老贵呆立了半天，之后，他顾不得拿起扔在地上的镰刀和钩刀，跌跌撞撞地往老屋方向跑去，火势在他身后不断蔓延过来。贺老贵还未跑到老屋，就看到龙主任在老屋大门前的空地站着。看到他跑过来，龙主任急急地朝他叫道："是怎么回事？"

贺老贵到了龙主任面前，气喘吁吁地回答："烧、烧、烧……烧起来了……"

龙主任问："怎么烧起来的？"

贺老贵说:"唉!我、我、我……我烧蚂蚁窝,把果园都烧、烧、烧、烧……烧着了!"

龙主任看了看越烧越近的火势,神情也急了,说:"你这老屋有危险呀!我刚报了警,叫消防车来,我就猜到是你的果园烧起来了。"随后又对贺老贵说道,"快去老屋,把你那些舍不得丢的宝贝东西搬到外面。"

龙主任这句"宝贝东西"是含有嘲讽味道的,贺老贵当然能听得出来,但此时,贺老贵已顾不上为这句话与龙主任争辩。他抬头看了看遮天蔽日的滚滚浓烟,火势正朝着老屋越逼越近,不由得多想,立刻跑去推开老屋的大门,走了进去。此时,从小镇方向传来了消防车连续不断的警笛声,由远及近。龙主任也准备跟进老屋,想帮一下贺老贵,尽可能在大火烧上老屋之前,协助贺老贵把他那些"宝贝东西"移到外面来。龙主任刚抬起右脚准备跨进大门槛,猛然发现贺老贵又从里面冲了出来,一声不响,一阵风似的从他面前擦身而过。龙主任只好停住了进屋的脚步,扭头望着贺老贵向外跑去的背影,问道:"你去哪里?你去哪里?"

贺老贵仍然不作一语,一直往外走,往通往小镇的大路走。这时,警笛声越响越大声,红色的消防车若隐若现,正朝着恒村这边飞驰而来。贺老贵正是迎着飞奔而来的消防车去的,而且他走在大路的中间。龙主任看着贺老贵的背影,皱着眉头,一脸疑惑。此时,村里也来了十多个人,都站在龙主任的旁边,望着迎着消防车而去的贺老贵,不明白贺老贵到底要干什么。消防队终于出现在眼前了,来的是两辆车,一前一后。让所有人惊讶不解的是,贺老贵依然走在大路中间，没有丝毫想避让的迹象。当消防车越来越逼近面前之际，贺老贵忽然举起了双手，一边迎上消防车，一边不断地做出停止前进的摆手动作。消防车终于在离贺老贵十米远的地方停了下来，同时，贺老贵也停了下来，双手依然举在头顶上空做出"停止""无事"的动作。只见驾驶消防车的司机从车窗探出头来，看着站在路中间的贺老贵，不明白他这是怎么回事。

柑橘园里的大火终于蔓延到了老屋旁边，噼噼啪啪的火苗如一条巨大的火龙，张牙舞爪，来势汹汹。火舌长长地一卷，呼啦一声，老屋的瓦顶上面立即着起了火苗，浓烟滚滚，只一会儿，整幢老屋就成了一片火海……

是谁在午夜敲响我的门

一

我心里实在是太懊悔了,懊悔那一天下班后不该坐在老毕身边和他一起看他放的电影碟。因为,自从看过那一次,老毕就开始赖上我了。

在我的眼里,不,还有老毕的儿子小毕,以及同在老毕屋里租房住的我的工友谢安眼里,老毕都是有些奇怪的。

老毕的年纪大概是六十岁,他很少出门,一天到晚都是一个人坐在客厅里看影碟。在放置茶具的柜台的下面,堆放着一大堆电影碟,那些被他视作宝贝的影碟都是他从街上的地摊和音像店里淘回来的。老毕每天的爱好就是放这些影碟,反反复复地放,反反复复地看,并乐此不疲。

记得那一次和老毕一起看他放的电影碟,是我刚搬来老毕家租住的第三天的晚上。那天下了班回到房里,我把搬来时随意堆放在地上的书刊以及各种舍不得丢弃的杂物,按照它们所需的位置一一摆放好。一切忙完之后,我就像处置完一件大事似的,感觉全身一下放松了下来。

为了庆贺这件"大事"的圆满完成,我走下楼去,想到院子里透透新鲜空气，顺便熟悉一下这个即将在这里生活的新环境。当我经过客厅大门前时，老毕在里面听到我的脚步声，朝我扭过头来看着我，那目光和神情都显得非常友好。老毕主动叫了我一声，我停下脚步客气地回应了他。

老毕接着问我："出去吗？"我说："不出，下来走走。"老毕邀请我，说："哦！进来坐坐吧。"我进去后，老毕把一把椅子推到我面前，让我坐。

老毕双手捧着一沓电影碟，翻来覆去地看，还不时噘起嘴唇吹一吹每张影碟封面上几乎看不到的灰尘，再用衣袖揩一揩。我坐下后，老毕就对我说："你喜欢看电影吗？"我明白老毕所说的电影就是电影碟，而他说的看电影，也并不是到电影院去看，而是用DVD机播放。我回答说："不是很喜欢，但有大片上映，还是会看一看，《英雄》这样的大片我都看过。"老毕说："那些电影太假，我不喜欢，人会飞来飞去的吗？我放一部，你看看，那才是大片。"

我听老毕这么一说，不由得对他肃然起敬起来，很惊讶他这么一把年纪了，还像我们这些年轻人一样在关注着电影大片的产生。听他说放一部让我看看，我就想，这老毕所认为的大片是哪一部呢？他的观点和眼光是不是超越了一般的人？这大片是我没听说过的吧？看着他专注地挑选手上一大沓影碟，我开始迫不及待地等着他播放，心里非常兴奋。

一会儿，老毕终于挑出一张影碟，小心翼翼地放进DVD里。我兴致勃勃，心情格外舒畅，终于可以好好欣赏老毕放的大片了。

随着一阵似曾相识的乐曲响起，我发现老毕的彩电屏幕却是由彩色变成了黑白，随之跳出片名《地道战》。我一阵愕然，脸部表情肯定凝固了几分钟之长。我怎么也没想到，这就是老毕认定的电影大片呀！说实话，这部大片以前我在网上曾经看过一次，马马虎虎地看，尚有一些感兴趣，但看了一次就永远拜拜了。如今我对这部大片一点兴趣也没有，悲哀的是我又不能立刻起身走掉，要是甩手而去，那样会显得对主人老毕很不尊重。

　　为了避免这尴尬的场面发生，我选择坚持到底，坐在椅子上一动不动，目不转睛盯着屏幕，假装非常有兴趣的样子陪着老毕看下去。瞌睡来了，连个呵欠也不敢当着老毕打，那会儿真的是度日如年！

　　转身看看老毕，他分明和我是两个世界！他一边看，一边就像我刚才等待他准备播放时那样兴致勃勃，全程目不转睛，手指夹着的一支点了火的"羊城"牌香烟，半天也没见他吸上一口，就连那烟灰老长老长了，也忘了弹掉。

　　忽然，老毕问我："好看吗？"

　　我回答说："好看，真的好看，太好看了。"面对盛情难却的主人，我只能这样回答，不然，扫他的兴多不尊重他，因为我初来乍到，还是客人。

　　老毕又说："这才是经典大片，几十年都没过时，我都看过一百多遍了，还想看，百看不厌啊。"

　　老毕的话几乎雷得我晕过去，我就不明白一部黑白旧电影怎么称得上是大片？还百看不厌？真正的大片却被他驳得一无是处。

就是这时候,我开始怀疑老毕的脑筋是不是有些不正常了。然而我只能在心里这样想,是绝对不会面对老毕说出来的。

老毕又说:"可小毕就是不看,我叫过他不知多少次,他就是不肯看。"

我心里说,小毕要是喜欢看,他脑子就跟你一样了。

接着老毕唠唠叨叨地对我说起他年轻时看电影的事。原来,老毕年轻时曾"上山下乡"当过知青,到海南一个林场里割橡胶。农场生活枯燥单调,除了几本"语录书",基本没有任何娱乐活动。可幸运的是,每个月都可以看上几场电影,电影是在附近几个农场轮流放映的,每一部电影都会在几个农场轮流放上一场。老毕就是那时候迷上看电影的,往往一部电影在他插队的农场放过一场后,第二天晚上他还会赶去另一个农场再看一场,第三晚他再赶到下一个农场再看一场!

老毕说,农场生活太寂寞了,只有到了晚上赶去看电影才是最快乐的事。他追看的最多的电影是《地道战》。有一天晚上他赶去另一个农场追看《地道战》,电影放完后,他正准备返回去,这时天上忽然下起了雨,他急忙跑到一家屋檐下躲避。风很大,屋檐下全是被大风刮进来的雨水,几乎将他淋成落汤鸡。这时大门开了,一个年轻的姑娘手持煤油灯出现在他面前,招手叫他进屋躲雨。在灶房里,姑娘生了一堆大火,让他把湿衣服脱下来,替他把湿衣服烘干。烘衣服的同时,姑娘还在火里煨了两个红薯,递给他吃。老毕感到,那是他吃到的最甜最香的红薯。后来他就跟这位姑娘恋爱了,每天晚上她都会跟他一起去追看《地道战》。

这位姑娘也是一个知青,多年后,两人回城有了工作后才组成他们新的家庭。

那天晚上我一直陪着老毕看完《地道战》才离开,其实我根本没看,只是陪他看,我发现老毕对这部看了几十年的旧电影仍然看得很开心,看得津津有味,而我感到津津有味的,却是老毕讲他在海南时的恋爱故事。

二

第二天晚上老毕就开始上楼敲我的房门了。

我下班回来经过大门前,老毕在客厅看到我,满脸是笑地主动跟我打了招呼。我进房后打开电脑,梳理思绪,正准备把打好腹稿的一篇文章敲到电子文档上去。这时老毕就敲响了我紧关的房门,我有些懊恼,但还是不想在客人面前表露出来。

我开门后,老毕笑容可掬地问我:"想看电影吗?我放给你看。"

我木然回答:"看《地道战》吗?"

老毕哈哈笑了起来,说:"你也喜欢《地道战》啊!我天天都看一遍的,想不到你跟我一样,那好吧,我再放给你看。"

我无奈地苦笑了一下,然后说:"我有点事在忙,你下去先看吧。"

老毕脸上的笑容在慢慢消失,然后说:"你有事啊?那我就不妨碍你了。"

看着老毕的背影落寞地慢慢往楼下沉去,我以为老毕今晚不会再上来了，满头兴味地往电子文档上敲起字来，没想到不到半个小时老毕又上来敲响了我的门。我坐着不动一下，闷声闷气地说："老毕，我有事在忙！"

老毕在门外追问，说："还没有忙完啊？"

我说："哪有这么快啊！"

老毕又问："还要多久？"

我感到时间在一秒一秒地流逝，而老毕又在门外没完没了地问，我只好开了门，面对老毕，说："老毕，你安心下去看你的吧，我忙完了，我自己会下去看的，不用你走来走去地上来叫我。"

老毕听后又转身下楼去了，但不一会儿我的房门又被他敲响了。这个晚上他上来敲了五六次门，每一次都在我正写得渐入佳境的时候，门就被他敲响了。唉，一听到这鬼敲门似的敲门声，就把我吓得手足无措。我心里哀叹："老毕，你干吗非要我下去陪你看《地道战》呀？你一个人看不行吗？客厅里又没有鬼。"

从这天开始，老毕每天都坚持不懈地想争取我陪他看《地道战》。我下班回来，老毕一看到我，仍然热情洋溢地跟我打招呼。我上楼不到半个钟头，房门就被他敲响了。

"想看《地道战》吗？我放给你看。"我一开门，他就重复这一句话。

我烦恼极了，但却不敢在他面前表示我的不满。

这天晚上我回来不久，老毕又上来敲了几次门，我心烦意乱，再不能坐在电脑前敲一个字了。后来我干脆连房门也不关了，到门外走廊一边抽烟，一边遛来遛去，随时恭候老毕上来。我实在不能忍耐那一阵阵咚咚咚鬼敲门似的声音了！

　　谢安住在我隔壁的房间，他是我以前的一个工友，当初是他叫我来这里租房的，说是这里很清静，最适合我下班后好好敲打我的"大作"。谢安在陶瓷厂画青花，他新交了一个名叫小米的女朋友，据说她在一个广告公司做电脑平面设计。我见过小米，长得挺好看的。

　　一会儿，我的香烟没有了，抬头发现谢安的房门透出灯光，便想向他索香烟。我走到他的门前，抬手敲了两下门，里面立刻传来谢安粗重的声音："老毕，我不喜欢看《地道战》。"

　　这家伙，把我当老毕了。我说："是我。"

　　很快门就开了一条缝，谢安把一颗脑袋从门缝里挤出来，疑疑惑惑地看了看我，然后说："吓我一大跳，我以为是老毕敲门。"

　　我笑了笑，说："吓着你了？怕吗？以为是警察吧？"

　　谢安也笑了，说："警察倒是不怕，就怕老毕！"接着问我，"干吗？怎么不在房里写你的小说？"

　　我说："写个屁小说。有烟吗？"

　　谢安说："我正忙着呢，一会儿给你。"

　　我问："忙什么事？"

　　谢安朝我眨两下眼皮，说："小米来了。"

　　我恍然大悟，然后装着若无其事地说："那你快些。"

　　谢安说："最快也要半个钟头，你耐心等等吧。"

　　等到谢安出来后，我和他靠在走廊的栏杆上一边抽烟，一边聊天。我说："今晚又不能写了，你说我该怎么办？"

谢安说:"这都怪你自己,谁叫你一来就陪他看《地道战》?他以为你喜欢看,所以天天叫你下去看。"他又告诉我,本来连我在内,老毕家有三个住户的,搬走的那户也是一个二十多岁的年轻人,是一个《超级女声》的超级粉丝,天天下班回来就关在房里看节目。有一天他偶尔在老毕身边坐了一会儿,看了几分钟《地道战》,后来老毕就开始赖上他了。他下班一回来,老毕就上楼来敲他的门,敲了几晚,他就搬走了。

这时小米也从房里走出来,脸蛋上有潮红,神情有些疲倦。小米对我说:"大作家,今晚不写小说了?"

我无奈地说:"想写,只是门一敲响灵感就跑了。"

小米嘴角挂起一抹微笑,对我说:"要不要我帮你把老毕稳住?"

死马当活马医的我急忙问她:"怎么帮?"

小米说:"我下去陪他看《地道战》啊。"

我认为这并不是一个高招,笑着对小米说:"小心他赖上你哟。"

小米笑了笑,说:"赖我?我又不是天天来,他想赖也赖不到。"

我还以为小米只是跟我开开玩笑,想不到她真的下楼陪老毕看《地道战》了。谢安也没有拦她。我也没心思写东西,继续和谢安在走廊上闲侃。谢安告诉我,他搬来那时,老毕的老伴还在世。老伴也是个《地道战》老粉丝,天天陪着老毕一起看,二老看得兴起时,还会情不自禁地高呼:"打得好!狠狠地打……"二老看电影时,有时还会你帮我捶捶背,我替你按按肩,日子过得有滋有味。后来老伴得了病，不久就跟老毕拜拜，去了天国，从此老毕就一个人看《地道战》了。有时候老毕看得忘乎所以，还会头也不回地叫道："海花，你说这演游击队队长的人现在还在吗？"老毕叫的是去了天国的老伴。

老毕的儿子小毕还没成家，在一家广告公司做文案。小毕还有一个姐姐，早已嫁人了，很少回来。小毕是一个小说迷，喜欢看网络小说，如《鬼吹灯》《神墓》《极品家丁》。小毕每天早上七点一过就出去上班，晚上回来什么事也不管，关在房里就打开电脑看网络小说。周末两天在家闲不住，便跑到外面找朋友玩。

老毕的老伴去世后没几天，老毕就开始敲小毕的房门。小毕这时候往往正沉浸在网络小说的神秘世界里，老毕敲了半天的门，小毕才打开门走出来。小毕满脸不高兴地说："爸，什么事呀？半夜三更还上来敲门。"老毕说："现在还早呢，你没事吧？下去看看电影吧，很好看的电影。"小毕说："爸，我不喜欢看电影，你一个人看吧。"老毕仍坚持说："你看了就会喜欢的，都是几十年以来的经典电影，看了让你长见识的。"小毕对老毕认为是经典的老电影根本没一点兴趣，但他又不忍心扫老毕的兴，只好说："你先下去看吧，我有事在忙。"等老毕脚步蹒跚地下楼去了，小毕又迫不及待地一头钻入网络小说里。正看得心惊胆战，老毕又上来敲门了，小毕一时不想去开门，老毕就在门外说："你忙完了吗？下去看看电影吧，我都等你好久了，怎么还不来？"小毕半天才开门出来，无精打采地说："爸，我要睡觉了，明天要上班。你也不要看了，早点睡吧。"老毕瞬间泄了气，说："我只想等你回来看看电影,都不愿意看一下啊。"没办法的老毕只能灰溜溜地回去,放弃找小毕的念头。

谢安话题一转,又接着说:"我天天晚上都能听到老毕去敲小毕的门,听得我提心吊胆的。还好,他不是来敲我的门!"我好奇地问他:"小毕就没陪老毕看过电影吗?"谢安说:"看过,只是次数很少。小毕其实也是一个懂事的人,只是他对老毕喜欢的电影没兴趣。"

三

随着西边天空的晚霞逐渐消失,薄暮一点点撒落在村中的楼房、街道、树梢上,下班高峰时还是闹闹嚷嚷的村中大街,才慢慢归于寂寥。踩着三轮车卖菠萝、香蕉的女人,一边在街边慢吞吞地过去,一边懒洋洋地喊道:"有菠萝卖,有香蕉卖……"

一条大黄狗目不斜视地从我身边跑过,夜来了,不知道它要跑到哪里去。我万般无聊地在街上走着,毫无目的,落落寡欢。我刚下了班,实在不想此时回去,说真的,有些怕回去,所以还不如不回。我知道小毕下班回家会经过这里,我希望能看到他,但也不想跟他说什么话,只是想看到他,看到他从这里走回家。我只是想看到小毕回家了,我才回去。

忽然一辆摩托车在我身边停下,我吓了一跳,一看,原来是小毕。小毕的摩托车后面驮着一个鼓鼓囊囊的白色大塑料袋。小毕微笑着对我说:"大作家,下班了?"

我苦笑一下回答："别大作家大作家的，我的脸烧得快焦了。"

小毕说："呵呵！就是作家嘛。"

我用手拍拍白色塑料袋，说："买这么多东西，送礼吧？"

小毕说："不，给老爸买的，麦乳精、杏仁饼、香肠、一条香烟、一瓶红酒，还有两件冬天穿的棉背心和毛衣。"

我说："真是个大孝子。"

小毕说："钱难挣，只能一个星期给他买一次。"又问我，"怎么还不回去？"

我说："我想逛逛再回去。"

小毕说："是怕敲你的门吧？"

我一听，惊讶地说："原来你知道？"

小毕狡黠地一笑："嘿嘿！我怎么不知道？本来是敲我的门的。"

我说："送他去养老院吧。"

小毕说："我跟他说过了，他说那地方不自在，还是在家好。"

我说："你就由得他天天敲我的门？"

小毕说："那你说我能把他怎么样？"

我回答不出。看着小毕的摩托车冒着蓝烟嘟嘟嘟地离去，我跟在他的后面慢慢地走，尽量地慢。途中看见有交警在设卡查车，一个忘戴头盔、理着平头的男人骑着摩托车要冲卡，好几个交警喊着冲上去拦住了他，七手八脚地把他从车上拉了下来。一些路人站在路边看热闹，我也停下来看了一会儿，想想时间差不多了，再迈动脚步继续走。

当我到楼上时，发现谢安在他房门口静悄悄地站着。他一见到我，就阴阳怪气地朝我说："真聪明，学乖了。"

我莫名其妙，说："你什么意思？"

谢安说："回来晚呗。"

我说："晚又怎么了？"

谢安说："老毕敲我的门了。"

我这才听清楚他的弦外之音。我有些诧异，但还是感到意外，故作幽默地说："又不是我叫老毕敲的。"

谢安的脸像光滑的瓷砖似的，没有一丝表情，半天才说："幸好是我一个人在屋里。"

我问："小米没来？"

谢安幽幽地说："幸好她没来。"

我知道，老毕敲谢安的门，那是老毕给小米的回报，老毕只知道小米跟谢安是在一起的，却不知道小米不是天天来的。也许是老毕年纪大了吧，脑筋变得很死板、固执，他改变主意要敲谁的门，就一直敲下去，九头牛也拉不回来。我终于解放了！得胜的猫儿欢似虎，心情畅快淋漓。但我一时还不敢粗心大意，傍晚时分都要在大街上溜达到天黑才慢慢赶回住处。经过大厅门口时，我趁老毕在看《地道战》不注意，屏住呼吸，蹑手蹑脚，做贼似的往楼上走去。

这天，薄暮刚刚降临，天未黑净，我刚到大门外，就看到小米蔫着脑袋从里面走出来，脸色灰灰的，看到我一声不吭。小米经过我身边时，我忍不住好奇地叫道："小米。"

小米嘴里"嗯"了一声，头也不回地照直走，不理我，弄得我灰头土脸。小情侣就喜欢闹脾气，这并不奇怪，只是我猜不到小米是因为什么事而跟谢安闹。我到了楼上，看到谢安悄无声息地站在走廊抽烟，他看到我上来，也是阴着脸色一声不吭。我在谢安面前停住，默默地看了他三分钟，然后问："吵架了？"

谢安懒懒地摆了摆脑袋，好一会儿才开了口："如果是吵架就没事了。"

我说："这么严重？不会是上吊吧？"

谢安说："经你一提，我还真的想上吊。"

我说："呵呵！那我贡献一条棕绳给你吧。"

谢安说："去你的，你还真想我死啊！"

后来我才知道，这对小情侣闹脾气原来与老毕有关。年轻人血气旺盛，一见面就如两块磁石吸附在一块儿，难舍难分。当两人正欲你侬我侬时，想不到这时老毕把门敲响了。谢安本想不理，但外面的老毕以为里面的人没听到，继续敲门。谢安被敲门声弄得兴致全无，蔫掉了。小米气坏了，狠狠地蹬了谢安一脚，骂他："算什么男子汉？一点惊吓都承受不了。"边骂边翻身跳起来，拿过衣服就穿。谢安讨好地拿起红色的胸衣递给她，正在气头上的小米接过胸衣就狠狠地摔在地上，套上短裙外衣摔门就走。

之后，我下班回去好几次都遇上小米灰着脸色从大门里走出来，我知道这是两人又闹不愉快了。我叫她："小米。"她总是"嗯"一声后就走过去了。

这天傍晚，我到楼上时，发现谢安的门是敞着的，淡淡的烟雾从里面飘出来。我顺便走了进去,看到谢安坐在床沿上耷着头抽烟。我说:"任务完成了?"

谢安猛吸着烟,久久才开了口:"完成个屁,'眼镜'都摔一大堆了。"说着伸手从床头抓出一大把红的、黑的胸衣,抛在地上。

我看着地上一堆谢安所谓的"眼镜"(胸衣),久久无语。我知道,这么多的"眼镜"无疑是被老毕的敲门声敲下来的。谢安手上弹掉第九个烟蒂之后,对我说:"我不能再在这里住了,再住下去我就要变太监了!"

我听他这么一说,吃了一惊,随即心里便惶惶不安起来。我说:"你要搬走吗?你走了我怎么办?"

谢安说:"你怕什么?又没女人在你面前摔'眼镜'。"

三天后,谢安便搬走了。这地方离工业区较远,地方又冷僻,大多是几十年前的老旧房屋,打工的外地人很少到这里租房,就是踩三轮车叫卖菠萝、香蕉的流动小贩也不会拐到这边来,小商铺更是没个踪影。谢安搬走后,老毕家就剩下我一个房客了。如今正逢金融大风暴,很多打工人失业的失业,回家的回家,老毕家的空房子再也没人来问津了。

谢安搬家的那天,告诉了我他新租的地方还有房可以租,但要等一个月,他问我愿不愿意也搬过去,免得天天晚上听老毕的鬼敲门。我跟谢安去看过房子,发现那地方也很清静,于是决定一个月后也搬过去。

说来也是奇妙,我虽厌恶老毕的鬼敲门,但我每天下班后回到大门口,老毕都是满面笑容地跟我打招呼,问我吃饭了吗,今天回来比昨天早啊;你怎么没拿伞啊,你的头发淋湿了,快去擦干净吧;我这里刚泡了一壶滚滚的龙井茶,你来喝一碗。在这异乡异地,老毕这些问候的话让我听了心里暖乎乎的。想到一个月后就要从他这里搬走了,我的心里竟有了些莫名其妙的伤感。

这天下班回去后,我一见到老毕就说:"我上去先洗个澡,再下来陪你看电影。"

老毕一听,脸上立刻笑逐颜开,一边点着头,一边说:"好,好,好啊!我就知道你最喜欢我放的电影,我再泡一壶龙井茶,我和你一边看一边喝茶。"

从这天晚上开始,我下班后就陪老毕看电影碟,再不愿意看到他迈着蹒跚的脚步上来下去地敲我的门。我决定陪他一个月,直到我搬走的那一天。我坐下来时,老毕总是先倒一杯热茶放到我面前的桌上,然后还会说:"这杯子一直是你用的那个,我天天都洗两遍,专留给你用的。"之后又给他自己倒上一杯。老毕有很多电影碟,他给我每天晚上放一场《地道战》,接着再放其他,如《英雄儿女》《渡江侦察记》《平原作战》等,都是黑白片。墙上挂着一座黑壳子八卦大钟,十一点半,大钟咚地一响,不管影碟放没放完,老毕都是伸手啪地关了 DVD 机,然后对我说:"你明天要上班,上去休息了,明晚你再下来看吧。"每天晚上我面对着屏幕都是保持着津津有味的模样,老毕不知道,这模样是我精心扮出来给他看的,所以他总是对我交代:"明晚你再下来看。"他以为我越看越上瘾了,我只有偷偷地苦笑,这十一点半我是多么艰难才熬到的。

这天晚上看完老毕的电影,我走出大厅后,遇上小毕从房里出来,他对我说:"你真比我还孝顺我老爸,如果你天天晚上陪我老爸看电影,我以后不收你的房租费了。"

我对小毕露出了喜出望外的笑容,然后说:"一举两得,又可以看电影,又可以不交房租费,我捡大便宜了。"其实不管收不收我的房租费,我都要搬走了,因为我不能以牺牲我人生的抱负而一直陪老毕看下去。我也不想让小毕以及老毕知道我一个月后要搬走,我想到我搬的那一天才告诉他们。

一天,谢安给我打来电话,他说:"现在好了。"

我一头雾水,问他:"什么好了?"

谢安说:"好了就是好了。"

我更听不懂了,问他:"什么好了就是好了?"

谢安说:"真糊涂还是假糊涂啊?"

我被他说得一愣一愣的,说:"我没糊涂,只是不明白你说什么好了。"

谢安见我确实不懂,又说:"我就直接告诉你吧,我起来了。"

我说:"哦,才起来呀?现在快中午了。"

谢安说:"晕,你是真不懂还是假不懂?"

我说:"懂呀,你不是说才起床吗?"

谢安这次不再兜圈子了,直接说:"晕,怪不得跟你聊天的那些Q友都说你呆,看来你是真呆了。我说的是我现在好了,能起来了,能完成任务了,小米不摔'眼镜'了,明白了吗?呆子。"

我说:"呵呵!明白了,谁叫你一开始绕来绕去的?绕得我晕。"

谢安说:"我的肩脖都被她抓得血痕累累的。"

我又不明白了,问他:"好了还要抓伤你干吗?"

谢安说:"她开心了才会抓伤我啊,你这笨蛋!"

看来,离开了老毕的夺命连环敲,谢安过得还不错。

四

一个月不知不觉就过去了,这天晚上是我最后一晚陪老毕看电影碟了。看到老毕在我面前把我用过的茶杯洗了又洗,再给我倒上一杯浓浓的龙井茶,想到明天我就要从此一去不回,我的心里面油然升起一种离愁别绪的伤感。为什么呢?就连我自己也不知道这是为什么,明明心里天天都在盼着这一天的到来,这一天来了,又好像总有一些模模糊糊的东西让自己牵挂。是的,我是一个重感情的人,每在一个地方待久了,不单是那里的人,还有那地方的一草一木,甚至屋檐下那一个随风摇动的蜘蛛网,那墙脚下的一窝黑蚂蚁,都会与我发生感情似的,一旦别离而去,我都要看上它们一眼,依依而别。

屏幕不时闪动着斑驳陆离的雪花状斑点以及花花绿绿快速跳动的条纹,我知道这是因为影碟播放过多而被擦花所出现的现象。有时跳动的条纹太剧烈,影碟几乎要卡住转不动了,这时,老毕就有些惭疚地扭头过来对我说道:"这碟片旧了点,刚买回时可不是这样的。现在有没有新的卖?"

我心不在焉地随口答道:"可能会有吧。"

老毕看电影时,喜欢一边看,一边跟我聊一聊剧情的发展,以及对某一个人物的评点。我听了总是简单的回答"哦""是的""你说得很有道理"。我杯子里的茶喝完了,刚站起来想再倒一杯,老毕却抢先一步把茶壶提在手里,嘴里说:"我来倒,我来倒,你坐着好好看。"

老毕突然说道:"你明天要搬走了,以后再没有人陪我看电影了。"

我非常惊讶,原来老毕知道我要搬走了!这事我连小毕也没告诉过,老毕是怎么知道的?老毕真的很怪,是个怪人。我一直以为老毕比我呆,现在看来老毕并不呆。这事太让我意想不到了。然而,今晚让我意想不到的事还在后面。还未到十一点,老毕的话就渐渐地少了,最后竟然一句话也没有。我也没介意,反正他说的话我也没用心去听。本来我想问问他怎么知道我明天要搬走的,见他没动静,我也懒得开口了。

让我意想不到的是,第二天老毕失踪了。我下班回到房子时还一点没察觉,上了楼就在电脑屏幕前噼里啪啦地码字,直到天快黑时房门被敲响,我还以为又是老毕来叫我下去看《地道战》,心里有些懊恼。没想到是小毕敲的门,他问我看到他老爸了吗,我这才知道老毕不在家,怪不得没来敲我的房门。于是,我与小毕分头到街头上去寻找。这天的下午因为下了一场大雨,街面上湿漉漉的,连空气都似乎充满了水分。我先是沿着人多热闹的大街一路寻去,又拐向行人稀稀落落的偏僻小巷找去,但始终没有看到老毕的身影。晚上九点半左右，我与小毕先后回到家中，对于老毕的下落一无所获。

小毕告诉我，他已经到派出所报了警，警方接警后很快通知各区巡警帮助巡查，他还去了本市的电台播发了寻人启事。但我认为不能就这样坐等消息的来临，还要加大力度增加寻人信息。在我的建议下，小毕与我一起连夜起草了一张寻人启事单，并放上一张老毕的半身相片，然后立刻拿到街上的打印店打印了五百张，随后，我再次与小毕拿着寻人单与糨糊分头去街头张贴。两天过去后，我与小毕等来的依然是深深的失望，没有得到老毕的丝毫音信。

每天下班后上了楼，当我依旧在电脑屏幕前噼里啪啦地码字的时候，脑海里总是晃动着老毕那颤巍巍的身子。此刻，我似乎不再担心那咚咚咚的敲门声响起了，反而有些焦灼地期盼那咚咚咚的敲门声快些响起来，但每次等我下意识地扭头往房门望去时，总令我失望。唉！这让我非常苦恼，我自己也搞不清楚自己这是为什么。没有了老毕的敲门声，我坐在电脑旁却依然得不到安宁。而小毕呢，我发现他也没心思坐在房里看网络小说了。我发现他有时独自坐在灯光暗淡的厅里无精打采，久久一动不动，有时独自在街头上东游西转，似乎在期待老毕的忽然出现。只是，老毕会出现吗？

三天后的傍晚，终于有了老毕的消息，确切来说，是一个并不十分准确的消息。我得到这条消息时是在当天下班回来的傍晚。那是小毕在为老毕的失踪而一筹莫展之时，忽然想起父亲老毕在闲得无聊的时候，常一个人到环城河的河滨去钓鱼。而老毕失踪那天下午不是正下过一场大雨吗？这使小毕的一颗心提到了喉咙上，头顶上空笼罩了一层不祥的阴云。

小毕来到老毕以往常去的那一段叫北角头的河滨时，发现河水浊黄的河岸边，正插着一条垂着鱼线的钓鱼竿，还有一张绿色的塑料矮凳和一个装着蚯蚓的铝皮盒。小毕看到这些他非常熟悉的东西，心头上又是一阵阵惶恐不安。他沿着河岸往下游一路走一路往河面上搜寻，一直走了两公里，还是没有看到老毕的身影。其实他也很担心看到，因为他知道如果看到的话，那一幕一定是令他难以接受的。当小毕往回返时，遇上两个刚来到河岸钓鱼的老伯。这两个老伯告诉他，三天前下过大雨不久，确实有个上了年纪的老人不小心掉到河里去了，因为河水湍急，有五六个会水性的男子下河搜救了大半天，也没有把人救上来。看来掉下去的人早被湍急的河水冲到不知什么地方去了。小毕听了两个老伯的话，心都碎了，当场大哭起来。

我第二天也去了一趟北角头那一段河滨，并不是为了在浊黄的河水中搜寻老毕的身影，而是为了给有可能永远葬身河底的老毕道个别。想吃鱼的老毕，也许已被鱼吃掉了吧？说实在的，我心里此刻充满了无限的伤感与怀念。老毕每晚不厌其烦敲我房门以及我陪伴他看《地道战》那最后一晚的情景，在我的脑海不断地反复重现。我没有半点解脱的感觉，反而感到的是一种深深的内疚与惭愧。而小毕呢，他把老毕遗留在河边的遗物带回了家，连同老毕的其他遗物拿到屋后面的龙眼树下焚烧了，把烧过后的灰烬装入一个骨灰盒,送到骨灰堂存放起来。

五

本来我是打算搬走的,但老毕失踪了,我却留了下来,我图的就是清静二字。午夜时分,我坐在电脑前噼噼啪啪地敲打键盘之际,总是时不时下意识地扭头去看一看房门。自从老毕死后,我心里面就蒙上一层沉重的无法抹去的阴影。

我发现那几天晚上小毕总是默默地在大厅里面朝着老毕的黑白遗像长久地孤坐,老毕的相框下点着密密麻麻的香烛,昏黄的烛光照着小毕凄然的脸。小毕的面前堆着他每星期都给老毕买的饮料、补品、点心、香烟以及衣物,而这些,老毕是永远也不能享用了。

有一天晚上我走进大厅,小毕幽幽地对我说:"作家,我总感到如果我每天回来少看一些网络小说,那么老爸是不会走得这么快的,你说是不是?"

我不知道说什么可以让他心里好受点,只能说:"不是。"

小毕问我:"为什么不是?"

我有点内疚,说:"如果不是因为我决定要搬走,老毕是不会走得这么快的,我总在想,是不是老毕觉得我这最后一根稻草也没有了呢?"

小毕站起来用手拍拍我的肩膀,说:"谢谢你,你陪我老爸在一起的时光比我还多。"

我关灯睡下时，已是午夜。此时万籁俱寂，淡淡的月光从窗口洒进来，房里的景象变得朦朦胧胧，如梦如幻。我正睡得迷迷糊糊之时，听到一阵夜风呜呜咽咽地从窗外吹过，随即听到窗口不断地响起"噼扑噼扑"的声音。我睁开眼睛瞥一下窗口，不由一惊，在朦胧的月光下，我看到一只长长的衣袖从窗口伸了进来，在空中抓来抓去。是谁？我的头皮一阵发麻，一时身子都僵住似的。再仔细一看，我才看清楚原来是窗帘没有拉上，被夜风吹得掀起来在空中翻来卷去。我随即下床，想把窗帘拉好，扣紧在钉子上，这时突然传来一阵咚咚咚的敲门声，我吓了一大跳。半夜三更的，是谁来敲我的门？难道是小毕？我开了灯，战战兢兢地走过去开门，我希望看到的真的是小毕。我把门拉开后，却什么也没看到，黑暗中，静悄悄的门外连个人影也没有。我疑疑惑惑，一阵阵寒意侵袭了我的全身，我下意识地颤抖了一下。到底是谁来敲我的门？不会是我听错了吧？

我黑了灯，重又躺在床上，迷迷糊糊地正要睡过去，突然门又被咚咚咚地敲响了。我立刻翻身跳了起来，迅速开了灯，急匆匆地跑过去拉开了门，门外依然看不到一个人影，静悄悄的走廊里空空如也。这到底是怎么回事？是谁在搞恶作剧骚扰我啊？

我从来不相信什么鬼鬼神神的事，决定非要把这件事弄得水落石出。我关上门之后，站在门后守候着，估计还会有第三次敲门的，这次我要以最快的速度把门打开，让敲门者没有一秒钟的躲避时间。果然如我所料，当我站在那里站得又困又累、迷迷糊糊打起瞌睡的时候，门又被敲响了。我迅疾把门一拉，一看，不由得大吃一惊，门外真有一个人，悄然无声地站在我面前。我仔细一看，原来是小毕。我疑惑不解地看着他，他也在瞪着大眼看着我，两人一时都没有一句话。最后还是我开了口："小毕，是你？"

小毕说："是我，你怎么吓成这样，脸都青了？"

我余悸未息，问道："刚才那两次敲门也是你敲的？"

小毕瞪大了双眼，说："刚才？刚才我没上来敲你的门。"

我不相信，说："不会吧？我明明听到敲了两次门，我出来看又看不到一个人，我以为都是你敲的。"

小毕说："你以为我敲你的门？我还以为是你敲我的门，我上来就是想问问你，刚才是不是你下去敲我的门了？"

我惊讶不已，说："什么？刚才也有人敲你的门了？"

小毕说："是啊，我刚睡在床上，就听到门敲响了，我开门后又看不到一个人影，后来又敲了两次，我开门后还是看不到一个人，我怀疑是你敲的，就上来问问你。"

我说："不是我敲的。"

小毕说："真不是你？"

我说："真的不是，我都没出房门。"

小毕疑惑地说："那就怪了，到底是谁敲的门？"

我也蒙了，问他："刚才敲我门的，是不是你？"

小毕却回答："不是我敲的。"

我不相信有这么鬼怪的事情，再次跟小毕确认说："真不是你？"

小毕摇摇头，说："真不是我，我都没出房门。"

"那就怪了，到底是谁来敲门？"说完，我和小毕面面相觑，一时不知道说什么。

接下来，一连两个晚上我都被莫名其妙的敲门声扰得没睡好觉。我发现小毕的双眼与我的一样，都布满了血丝，目光恍惚。小毕好几次在我面前无奈地抱怨："妈的，到底是谁敲的门？"我说："我也弄不明白，我睡觉时都是用纸巾把耳朵塞住的，但还是听得到敲门的声音。"小毕说："这栋楼只有我和你，我一直怀疑是你敲的。"我莫名其妙，以为小毕是神经质了，对他说："怎么会是我？我还一直怀疑是你敲的呢！"

为了对付晚上莫名其妙的敲门声，我特地买了一对据说效果非常好的耳塞。为了验证是不是真的效果非常好，我走到一家正在举行开业典礼的大型商场的大门前。大门前早已被人围得水泄不通，人声喧哗，锣鼓喧天，舞狮的、舞龙的、耍把戏的、唱歌的，你方唱罢我登场，热闹非常。我把新买的耳塞戴上，果然，看到眼前所有人的笑闹声立刻变哑了，锣鼓声也消失了，不管拿棒槌的大汉把棒槌挥舞得多有力多猛，那锣鼓就是发不出一丝声音来。我对这对耳塞感到非常满意。

这天晚上睡觉前，我把大门关上后，特意去了一趟以往陪老毕看《地道战》的客厅，一抬头，苍白苍白的日光灯下，我看到老毕在墙上冷冷地注视着我，那神态似笑非笑。那是老毕的黑白遗像，相框中的老毕是一副灰白的面孔，他那似乎冷冷的目光让我看了产生几分莫名其妙的寒意。我本想对老毕说，老毕，你尽管敲门好了，我有办法对付你敲门了，虽然你总是不让我看到。

但最后我什么也没说,便走出了客厅。

　　回到房里,我的心口还在咚咚地狂跳个不停。我想,我有了耳塞可以好好地睡个安稳觉了吧?可当我躺在床上,正迷迷糊糊准备入睡时,一阵咚咚咚的敲门声再次强有力地钻进了我的耳膜,并越敲越急,似乎我不起来开门的话,就这样一直敲下去,直到天亮。我觉得奇怪,戴上的这对耳塞能阻隔住震耳欲聋的锣鼓声与笑翻天的人声,却无法阻隔住这咚咚咚的敲门声。天啊!这是为什么?我不得不起来去开门,但我依然什么人也没看到,黑漆漆的楼道静悄悄的,连个鬼影也没有。当我重新戴上耳塞躺在床上时,那咚咚咚的敲门声又钻入我的耳里了!

　　这一晚,我被莫名其妙的敲门声搅得起来开门无数次,一夜没睡好。早晨我洗漱时照了照镜子,发现我的双眼布满了蛛网一样的血丝。出大门时遇上小毕,发现他的双眼与我的一样,很显然小毕也被莫名其妙的敲门声搅得一夜没睡好。

　　在莫名其妙的敲门声中熬过两晚,实在熬不住了,这天,我上午上了半天班,下午请了半天假,什么也不想做,关上房门睡觉。却也奇怪,正睡得昏沉沉之时,忽然被一阵急促的敲门声惊醒过来,"咚咚咚!咚咚咚!"我惊异不已,怪了,大白天睡觉,这莫名其妙的敲门声还是来搅扰我,到底是谁敲的门?不会是老毕吧?但怎么又不让我看到他?我侧起身子朝门口叫道:"老毕,是你吗?"

　　想不到真的有人回答:"作家,是我,快开门。"

　　原来是小毕,他的声音显得非常急迫,我急忙跳下床去开门。

我发现小毕像是受了惊吓一样,脸色都青了,还有些惶恐不安。小毕见到我就急着催:"作家,快,快跟我一起去!"

我一听,立即想到肯定是老毕有消息了,忙问道:"小毕,去哪?"

小毕依然很焦急地说:"快跟我一起去,我看到我老爸了。"

我说:"是真的?在哪?"

小毕一边急匆匆地往外走,一边告诉我,他今天下午三点半左右,偶尔经过北庙市场附近,忽然看到前面街边走着一个老头,那衣着以及腰身像极了他的老爸,只是那老头戴着一顶黑毡帽,有些看不清他的面容。那老头像是刚在市场买了菜,右手手里拿着一只胀鼓鼓的红色塑料袋,左手还攥着一瓶白酒。他一时不敢肯定那老头是不是他的老爸,抑或是他一时看花了眼,或者是去了阴间的老爸故意在他面前显灵,但他到底还是个有一定文化的年轻人,平时就不相信什么鬼鬼神神的,但他突然看到这个像极了老爸的老头,心里却有些不大踏实了。他慢慢地跟在那老头的后面走,老头拐弯,他也跟着拐弯;老头过了拱桥,他也跟着过了拱桥。不久就走到了郊外,而且越走地方越偏僻,景色越荒凉。最后他看到那老头隐没在一座破庙里,那破庙后面是一片破败的芭蕉林,前面是一片杂草丛生的荒地,那荒地堆放着一些乱七八糟的木头。他没敢跟进那破庙里去,远远等了一会儿,再没看到那老头走出来,于是就急匆匆地跑了回家,想叫上我一起到那破庙去看一看。

我当然也不相信什么鬼魂之类的鬼话,听小毕说完,倒把我的好奇心吊起来了。我决定跟着小毕到那破庙去探个究竟，我也知道其实小毕是想让我陪他壮壮胆。我跟着小毕到那座破庙时，太阳已经落入西天，一抹血红的残阳染红了天际，淡淡的薄暮开始降临四周。我远远地就望见那破庙的上空飘着袅袅的烟雾，四野静悄悄的，见不到一个人影。

那破庙的木门虚掩着。我与小毕走近门口时，听到里面传出一阵阵枪响与喊杀声，这声音让我觉得挺熟悉的。我用手敲了三下木门，一会儿木门往后拉开了，一个戴黑毡帽的老头出现在我们的面前时，令我与小毕好一阵愕然。这老头分明就是老毕！对，一点没错，就是老毕！

我叫一声："老毕！"

小毕叫一声："阿爸！"

老毕倒是显得非常平静，就像这几天什么事也没发生过似的。他脸色显得淡淡的，又有些不解地问道："是你们？你们来这里干吗？"

我苦着脸说道："老毕，我们这几天找得你好苦呀，以为……以为……"我没把后面的话说出来。

老毕让我与小毕进了破庙，我们这才发现里面还有另一个与老毕年纪一样的老头，屋里面还有一台旧电视和一台DVD机，正在播放的是《地道战》。很快我们就从老毕嘴里了解到他来到这座破庙的因由。

那天老毕在家一连看了两遍《地道战》，便拿了一支钓鱼竿去北角头钓鱼，不久大雨来了，老毕把钓鱼竿插在河岸边，跑到附近的街边去躲雨。老毕躲雨的地方正好是一家影音商店，于是老毕走了进去，想找一张电影《地道战》的新碟片，正巧这时有一个与老毕年纪相当的老头也正在挑选《地道战》。老毕像遇到久别的老友似的，主动跟这位同样喜欢《地道战》的老头搭起话来。这老头姓廖，老毕就叫他老廖。因为《地道战》的碟片有好几种版本，两人一时不知道买哪一种更好，最后决定买黑白封面这一版，这是旧版本。老毕说："这部电影我年轻的时候就特别喜欢，下乡那时候哪个村放都去看，有一次还走了十几公里的夜路去另一个大队看，去到那里电影都放到一半了，看完回到家都三点钟了。"

老廖也说："这部电影我也很喜欢，年轻的时候看过最少有五十遍。"

老毕说："我比你看得多，我看过最少有一百二十遍了。"

老廖不服输，说："我说的是放的电影，不是放碟片，自己放碟片看的我最少两百遍。"

老毕也忙说："我天天都看。"

老廖说："我也天天看，我一天看两遍。"

"我一天看三遍。"老毕还是要与老廖争个高下。

"我有时一天看五遍。"老廖也不肯低头。

"我有时一天看八遍。"老毕跟着说。

两个人都想在这部电影上占上风，比个高低，各不相让，但两人都感到非常开心，聊得很畅快。雨停了，两个人买了碟片走出店铺，沿着大街一边走一边聊，从小商品大街走到商业大道，又拐向休闲步行街，毫无目的地走，聊不完关于看《地道战》的闲话。走来走去，聊来聊去，老毕心里突然生起一种再不想回家的想法，也不想就这样与偶然相遇的老廖作别分开，干脆决定跟老廖回家去。老毕说:"你不是说天天看五遍《地道战》吗?那好,以后你每天看几遍我就看几遍。"

其实老廖也是巴不得老毕跟着他回去,一听老毕这么说,喜出望外,说:"要得,要得,要是你看不过我,你就是牛皮。"

老毕说:"好,要是你看不过我,你是牛皮,我叫你,你要答应我。"

老廖说:"一言为定。"

老毕说:"当然,敢拉钩吗?"

老廖说:"怎么不敢?"

两人各伸出一根食指,钩了钩,互相对视着,哈哈笑了起来。

原来这个老廖是某建筑队请来看守木材的,破庙门前的空地就是木材转运点,堆放在这里的木材等着运往别处。建筑队的老板从附近的村子给破庙拉来电源线,让看守木材的人看看电视放放影碟,打发时间。而老廖因为独自一个人在这里看守木材令老板有些不放心,经老廖一推荐,老板便同意老毕与老廖一起看守木材,发给工资。老毕在这里有吃有喝,还有趣味相投的聊伴,于是便乐不思蜀了。

我看着面前灰沙剥落蛛网遍布的破庙,这里哪有个家的样子?分明就是久远年代那些逃荒要饭的人的藏身之所,心里不由得生起几分凄凉之感。于是便一个劲地劝老毕回家去,同时小毕也在劝,可老毕对于这样的生活似乎很满意,根本不想动身。他反而劝我们说道:"你们回去吧,我在这里很好,不用为我担心。你们年轻人有你们年轻人的活法,我们有我们的活法,我们感兴趣的你们不一定感兴趣,以后我就少去打扰你们了。"

我说:"只要你回家去,以后我天天陪你看《地道战》。"

小毕也说:"我也是,下班回来就陪你看《地道战》。"

只是我与小毕费了半天的口舌,老毕依然毫不动心。我还发现,老毕有时还因为被正在播放的《地道战》紧张的战斗场面而吸引,眼睛非常专注地盯着电视屏幕,竟一时忘了我与小毕的存在,而忘了回答我与小毕的话,等我用手轻轻拍一下他的肩膀时,他才有些愕然地回过头来看着我们。最后,我与小毕只得徒劳而返。为了让老毕回到家来,后来我与小毕又去劝过老毕三次,但每一次都是无功而返。我觉得老毕对那座阴冷凄凉的破庙铁了心似的,与铁了心出家的人没两样。

老毕失踪后,我发现小毕对网络小说的兴味淡了很多,如今知道了老毕的下落,小毕依然没兴味去看网络小说。入夜后,小毕常常在走廊以及卧室与客厅之间走来走去,直到午夜,像得了梦游症似的。有时他见到我,对我说:"真的,太静了,睡不着。"我当然清楚他睡不着的因由,其实我也是如此。我还感到非常奇怪,老毕失踪后那几天,午夜之后总是响起没完没了莫名其妙的敲门声,这声音搅得我整夜整夜无法睡觉,如今知道老毕的下落了,而且他还活得好好的,那莫名其妙的敲门声却顿然没有了,消失得无声无迹。一到入夜,整幢楼房变得异常清静,静得如深山古庙,静得人心发慌。虽然静,虽然没有了敲门声,但我依然无法睡着,脑袋一贴到枕头上,脑海里就想起老毕与那位老廖在破庙看《地道战》的情景,想起老毕曾经一步一步走上楼梯不厌其烦地敲我的房门,想起我曾经无数次借口有事而拒绝陪他看《地道战》,想来想去,总觉得自己做了什么亏心事似的,难以心安。唉!没了老毕在家，没了老毕的敲门声，我竟然还是难以入睡。我与小毕相同，太想念那已经消失的敲门声了。

小毕夜里在走廊以及卧室与客厅之间走来走去，走了半个月，也许觉得如此走下去终是徒劳，有一天傍晚我刚下班走到大门口，小毕就把我叫住。他发了狠似的说道："今天无论如何也要把老爸叫回家来。"

我问："是吗？有什么绝招？"

小毕听我一说，便从身上掏了一把小刀出来，说："这就是绝招。"

我吓了一跳，赶紧说道："你想用刀来逼你老爸回家？"

小毕说："不，如果老爸再不愿意回家，我就当他的面切下我的一根手指。我就不相信，他会忍心让我切手指下来。"

我怕小毕做傻事，连忙说："吓唬他一下可以的，可不能真的这样做。"

小毕却铁了心似的，说："我才不是吓唬他，他再不听我的话回家，我真的要切下一根手指来给他看看。"

出乎意料的是，最后老毕还是没有回家，而小毕也没有当他的面切下一根手指来。

当我与小毕再到那座破庙时，破庙里空空如也，没了老毕的身影，没了老廖以及那些电视机和DVD机，连破庙门前空地上那堆乱七八糟的木材也全没了。原来是建筑队把木材运往别的地方去了，老毕与老廖也随着建筑队一起走了。

小毕与我呆了似的，久久地，久久地，站在空落落的夜幕渐渐降临的空地上……